KB168516

고 전 의
향 기
0 0 1

명상록

명상록

1쇄 발행일 ｜ 2014년 6월 30일
1쇄 인쇄일 ｜ 2014년 7월 4일

지은이 ｜ 마르쿠스 아우렐리우스
옮긴이 ｜ 키와 블란츠
펴낸이 ｜ 강민자
펴낸곳 ｜ 다상
등록 ｜ 2006년 2월 7일
주소 ｜ 서울시 성북구 북악산로 3길 38-7
전화 ｜ (02) 365-1507
팩스 ｜ (02) 392-1507
이메일 ｜ dasangbooks@hanmail.net

ISBN ｜ 978-89-967890-4-8 (03890)

고 전 의
향   기
0 0 1

명상록

마르쿠스 아우렐리우스
키와 블란츠 옮김

다상

이 책을 읽기 전에

여러분이 이미 알고 있다시피 국내에는 수없이 많은 아우렐리우스의 『명상록』이 번역되어 출간되었다. 한데 왜 그토록 많은 출판사에서 이 책을 번역하여 출간했을까? 바로 윌리엄 셰익스피어, 매튜 아놀드를 비롯한 옛 인물들은 물론이고 원자바오 전 중국 총리며 빌 클린턴 전 미국 대통령 등 내로라하는 현대의 저명인사들이 가장 중요한 책으로 꼽은 데다 비즈니스맨이 반드시 읽어야 할 책, 국내외 대학생들의 필독서 리스트에 빠짐없이 오르고 있기 때문이다.

그러나 독자들이 막상 이 책의 뚜껑을 열고 읽으려 들면 만만치 않은 집중력이 요구된다. 왜 이 책은 독자로 하여금 이토록 안간힘을 쓰게 만드는 것일까?

그러한 사실을 이해하려면 먼저 알아야 할 것이 있다. 이 책은 많은 부분이 전장에서 쓰인 비망록으로, 제목이 'To Himself (자기 자신에게)'

다. 즉 급박한 상황에서 혼자만 이해할 수 있는 용어를 다소 사용한 데다가 지나치게 압축된 문장으로 씌어 있기 때문에 읽어내기가 보통 곤혹스러운 일이 아니다. 그러나 우리는 읽어야 한다. 이 고대 철학자가 쓴 글이 수천 년이 지난 오늘날에도 형형한 빛을 발하고 있기 때문이다.

운이 좋게도 여러분은 이 책의 역자 키와 블란츠를 만나 이 찬연하게 빛나는 고대철학서를 온전히 이해하게 되었다. 역자는『명상록』을 제대로 옮기기 위해 오랜 기간에 걸쳐 한 문장 한 문장을 깊은 명상을 통해 완성해냈다. 끊어진 줄을 다시 잇고, 2천 년이란 시공간을 뛰어넘어도 무리가 없는 적확한 단어를 찾아내느라 잠 못 이룬 시간이 수없이 많았기에 우리는 이 범상치 않은 결과물과 조우할 수 있게 되었다. 덕분에 독자는 아우렐리우스가 전하고자 하는 메시지를 순도 100퍼센트로 녹인 한글 번역물을 읽게 되었다.

철학을 무엇보다 중요시했던 아우렐리우스는 우주와 자연의 섭리, 공동체와 인간의 보편적 이성에 대한 사유, 스승의 가르침과 일상에서 행해야 할 도리, 죽음과 행복, 마음의 평안을 찾는 방법에 이르기까지 이성적 인간이 견지해야 할 자세를 조촐하고 겸허하게 적어나가고 있다.

스토아 철학자였던 저자는 우리 인간에게 신성이 존재한다고 믿었다. 우리를 에워싼 우주를 관할하고 있는 신은 이성을 가진 인간 모두에게 자신의 신성을 나누어 주었다고 한다. 그리고 우리가 그 신성을 발견할 수 있는 곳은 한가한 해변도 아니고 한적한 시골도 아닌 우리 내면의 마음속이라고 한다.

그러니 신산스러운 현실에서 벗어나고 싶을 때면 주저하지 말고 아우렐리우스의『명상록』이 담긴 내면으로 도피하라. 그곳이야말로 우리가 숨 쉴 수 있는 가장 편안한 공간이다.

Meditations : Marcus Aurelius

1

1   할아버지 베루스로부터 나는 어진 성품과 자제력을 배웠다.

2   아버지에 대한 기억과 세인들의 평판은 내게 겸손함과 대장부
    다운 기질을 갖게 했다.

3   어머니에게서 헌신과 자비, 그리고 절약과 절제가 몸에 밴 습관
    을 보며 자랐다. 그리고 부자들의 소비생활보다는 소박한 생활
    에 참다운 기쁨이 있음을 배웠으며, 나쁜 짓을 행해서는 안 되는
    것은 물론 마음속에 품지도 말아야 한다는 것을 배웠다.

4   증조부 덕분에 공교육에 연연하지 않고 훌륭한 스승을 집으로

초빙해 배울 수 있었다. 그분으로부터 교육을 위해서는 절대 돈을 아끼지 말아야 한다는 교훈을 얻었다.

5   나의 스승으로부터 경기를 관람할 때나 검투사들의 결투를 관전할 때는 어느 한쪽 편을 들어 일방적으로 응원하지 말 것을 배웠다. 그리고 남을 중상 모략하는 말에 귀를 기울여서도 안 된다는 것을 배웠다.

6   철학자 디오그네투스Diognetus로부터 자질구레한 일에 시간을 낭비하지 말 것, 마귀를 쫓고 기적을 행한다는 꾐에 현혹되지 말 것, 구경 삼아 싸움을 붙이기 위한 목적으로 메추리 같은 날짐승을 기르지 말 것, 표현의 자유를 존중할 것, 바키우스를 비롯하여 탄다시스, 마르키누스와 같은 철학자들이 남긴 말을 늘 가까이하며 익힐 것, 남의 말에 귀를 기울일 것, 젊은 시절부터 대화록을 기록하는 습관을 가질 것, 누추한 잠자리에 만족하는 그리스인의 수행법을 실천할 것 등을 배웠다.

7   루스티쿠스로부터 훌륭한 인품을 갖추기 위해서는 그에 합당한 노력을 게을리 하지 말아야 함을 배웠다. 또한 그에게서 사람들

을 혼란에 빠뜨리기 위해 꾸민 거짓 이론에 속지 말 것, 막연한 추측에 근거한 글을 쓰지 말 것, 남에게 도움이 안 되는 훈계를 삼갈 것, 학식이 높다거나 수양을 닦은 사람인 양 과시하기 위한 선행을 베풀지 말 것 등을 배웠다. 또한 감언이설이나 미사여구를 멀리할 것, 평상복과 외출복을 가려서 입을 것, 누군가에게 보낼 서한을 작성할 때는 루스티쿠스가 시누에사Sinuessa에서 어머니에게 쓴 편지처럼 간결하게 작성할 것, 나를 모욕했거나 잘못을 저질렀던 사람이라도 화해할 뜻을 비칠 때는 기꺼이 받아들일 것, 책을 대충 이해하는 것에 만족하지 말 것, 수다꾼들의 의견에 섣불리 동조하지 말 것 등을 배웠다. 그가 소장한 도서를 빌려준 덕분에 나는 에픽테토스의 가르침을 알게 되었다.

8 아폴로니우스로부터 나는 자유롭게 사고하고, 목표에 대한 흔들림 없는 확고한 의지력을 가질 것을 배웠다. 또한 자식을 잃거나 병을 얻어 큰 고통을 당할 때에도 단 한 순간도 흔들림 없이 이성적 태도를 견지할 것을 배웠다. 그는 더없이 표리부동한 인간도 사랑할 줄 알았고, 남을 가르칠 때는 괴팍스러워서는 안 된다는 것을 분명하게 보여준 산 증인이었다. 삶의 심오한 철학적 의미에 대해 풍부한 경험과 실력을 갖추고 있었지만 늘 보잘것

없는 사람처럼 행동했다. 그는 호의를 베푸는 친구에게 비굴하게 아첨하지도, 무관심을 가장하지도 않았다.

9 섹스투스로부터 온화한 인품으로 가정을 화평하게 다스리는 아버지의 본보기와 자신의 분수에 맞는 삶을 살아가는 인간의 모범을 보았다. 친구를 대할 때는 누구에게나 공평했고, 그들의 관심사에 세심한 주의를 기울였으며, 무지한 자를 배려했고, 터무니없는 주장을 내세우는 자들에게도 관용을 베풀었다. 포용력이 있어 어떤 의견도 수용할 수 있었기에 사람들은 달콤한 아첨의 말을 듣는 것보다 그와 함께하는 것을 좋아했다. 주변의 지인들로부터 더할 나위 없는 존경을 받았던 그는 지적이고, 명료한 원리원칙주의자였으며, 체계적이고 질서 정연한 삶의 방식을 견지했다. 또한 격정으로부터 자유로웠던 그는 누구에게도 화를 내는 모습을 보이지 않았다. 그는 내가 아는 그 어떤 사람보다도 인간에 대한 애정이 깊었으나 떠들썩하게 이를 과시하기보다 무언중에 만족감을 표시할 줄 알았으며, 해박한 지식을 갖췄음에도 허세를 부리지 않았다.

10 문법학자 알렉산데르로부터 남의 흠결을 들추는 것을 삼가고,

거칠고 부적절한 문장을 썼을 때는 지적하기보다 올바른 표현 방법을 요령 있게 소개하는 법을 배웠다. 예컨대 대답을 하거나 동의해주는 방식을 취할 때는 내가 알고 있는 답을 제시하기보다 함께 문제를 탐구하는 태도로 임하라고 가르쳤다.

11 프론토로부터 나는 시기심, 교활함, 위선과 같은 폭군적 속성에 대해 배웠고, 우리 가운데 고위층에 있다는 사람들이 오히려 남을 위하는 마음은 부족하다는 것도 배웠다.

12 플라톤학파인 알렉산데르로부터 나는 '시간이 없다'는 핑계를 대는 일은 글로도 말로도 금해야 하며, '업무가 바쁘다'는 핑계로 주변 친지들에게 마땅히 해야 할 임무를 소홀해서는 안 된다는 것을 배웠다.

13 카툴루스로부터 친구가 나의 잘못을 지적할 때는 비록 그것이 수긍하기 어려운 것일지라도 무시하지 말고, 친구와의 관계가 한결같이 유지되도록 노력해야 한다는 것을 배웠다. 또한 도미티우스와 아테노도투스가 그랬듯이 스승에게 늘 감사하는 마음을 가져야 하며, 자식을 진정으로 사랑해야 한다는 것을 배웠다.

14 친형제나 다름없는 세베루스로부터 혈육을 사랑하듯 진리와
    정의를 사랑해야 한다는 교훈을 얻었으며, 그를 통해 트라세아
    Thrasea, 헬비디우스Helvidius, 카토Cato, 디온Dion, 브루투스Brutus와
    같은 인물들을 알게 되었다. 그에게서 만인에게 평등한 법률을
    바탕으로 한 통치철학을 정립할 것을 배웠으며, 만인에게 평등
    한 의사표현의 자유, 권리 정신에 입각한 정치 이념, 그리고 피
    지배자의 자유를 존중하는 것은 지도자가 지녀야 할 철칙이라
    는 것도 배웠다. 또한 이를 통해 철학에 임하는 나의 자세는 한
    결같아야 하고, 굴함이 없어야 하며, 늘 선을 행하고, 아낌없이
    아량을 베풀며, 밝은 희망을 소중히 여기는 마음을 가져야 하
    며, 벗들로부터 내가 사랑 받고 있음을 조금도 의심치 말 것을
    배웠다. 또한 비난 받아 마땅한 사람에게는 나의 의견을 숨김없
    이 피력할 것을 배웠으며, 친구들로 하여금 내가 원하거나 원하
    지 않는 것이 무엇인지 짐작할 필요가 없도록 나의 의사를 분명
    하게 밝히는 법을 배웠다.

15 막시무스로부터 나는 그 무엇에도 흐트러지지 않는 정신력을
    갖기 위해서는 극기심을 단련해야 한다는 것을 배웠다. 덕분에
    나는 건강을 해쳤을 때도 긍정적인 자세를 유지할 수 있었다. 또

한 도덕성을 견지하기 위해서는 인간의 존엄성을 존중해야 하며, 주어진 일은 그것이 무엇이든 불평 없이 완수해야 한다는 것을 배웠다. 또한 사람은 어디서든 자신의 생각을 분명히 밝힐 수 있어야 하며, 그 어떤 경우에도 상대가 악의를 품고 있지 않다는 믿음이 있어야 한다고 배웠다. 나는 그가 놀라거나 반가운 마음이 있어도 그것을 겉으로 내색하는 것을 보지 못했고, 급히 서두르는 것도 본 적이 없다. 또한 지금 해야 할 일을 나중으로 미루는 법이 없었고, 한 번도 당황하거나 낙심한 모습을 본 적이 없었다.

그는 분노를 억지웃음으로 감추려 들지 않았고, 의혹이나 격정에 휘둘리는 법도 없었다. 박애정신이 몸에 배어 있어 언제든 남을 용서할 준비가 되어 있었으며, 그 어떤 그릇된 행동도 하지 않았다. 그는 완벽한 사람이라기보다는 '절대로 정도正道에서 벗어나는 일이 없는 사람'이라는 인상을 주었다. 또한 그 누구도 무시당한다는 생각이 들지 않게 행동했으며, 자신이 남보다 더 잘난 사람이라고는 감히 생각조차 하지 않는 것 같았다. 그 외에 그는 남을 유쾌하게 하는 유머 감각이 있었다.

16 아버지로부터 나는 온유한 성품을 정신적 유산으로 받았고, 심

사숙고하여 결정한 일에 대해서는 단호하게 밀고 나갈 것을 배웠다. 그리고 영예에 대한 허영심보다는 노동과 인내를 사랑하는 법을 배웠다. 아버지는 공익을 위해서라면 그 누구의 의견도 기꺼이 경청했으며, 상대가 누구든 이룬 업적에 걸맞은 대우를 해주어야 한다는 것을 철칙으로 삼았다. 또한 적극적인 행동을 취해야 할 때와 물러서야 할 때를 경험을 통해 잘 알고 있었다. 그리고 소년을 탐하는 마음을 극복했으며, 스스로를 국민의 우위에 있다고 여기지 않았으며, 해외로 원정을 갈 때는 친구들에게 동행해달라거나, 필요한 경비를 지원해달라는 등 정신적 부담을 주지 않았으며, 상대방이 사정이 있어 동행할 수 없다고 할 경우 절대 부담을 주지 않았다.

깊이 생각해야 할 사안에 대해서는 늘 신중하게 검토하는 것이 습관화되어 있었고, 끈기가 있었고, 첫눈에 만족스럽더라도 조심스럽게 재검토하는 것을 잊지 않았다. 친구와의 교제는 쉽게 싫증 내는 법 없이 오래 지속하되 집착에 가까운 우정은 경계했으며, 그 어떤 경우에도 마음으로 만족을 느끼고 즐거워했다. 또한 먼 장래를 내다보는 안목이 있었으므로 겉으로 드러나지 않는 사소한 일도 미리 대비했다. 쉽게 얻은 인기와 아부를 경계했으며, 한 제국의 통치자로서 늘 조심스럽게 업무를 수행했으며, 재정 지출을 꼼꼼하게 관리했으나 거기에 따른 어떤 비난도 인내심을 갖고 견뎠다. 신의 존재를 의심하지 않았고, 사람들에게 환심을 사기 위해 선물을 하거나 인기에 영합한 아첨을 하지도 않았다. 매사에 진지한 태도로 임했으며, 심술궂은 생각이나 행동을 늘 경계했다. 진귀한 물건에 현혹되지 않았으며, 기본 생필품은 물론 자신에게 넉넉하게 주어진 물품을 사용할 때도 거만하거나 변명하는 법이 없었고, 허세를 부리는 일도 없었다. 또한 자신이 갖지 않은 물건은 절대 탐하지 않았다. 그래서 그 누구도 그를 두고 유복한 집안에서 자란 망나니라거나 공론 가며 궤변가라고 손가락질하는 사람이 없었다. 모든 사람이 그를 일러 말하기를 원숙한 인격의 소유자로, 감언이설에 속지 않는 사람이며, 자신의 일은 물론 다른 사람의 일도 능숙하게 처리할 줄 아는 능력자로 인정했다.

그는 내실 있는 철학자들을 깊이 존경했으나 그렇다고 떠버리 철학자들을 비난하거나 그들의 말에 현혹되지도 않았다. 또한 그는 잘난 척하며 다른 사람의 기분을 상하게 하는 일 없이 자신의 생각을 납득시킬 줄 아는 진정한 소통의 대가였다.

그는 건강관리도 적절히 했는데 이는 목숨에 집착하거나 아름다운 외모를 가꾸기 위해서가 아니었다. 건강에 늘 관심을 기울

임으로써 불필요하게 의사를 찾아가 긴 시간 치료를 하거나, 혹은 외부의 도움을 받아야 하는 일이 없도록 하기 위해서였다. 이는 잘못된 의학상식을 무분별하게 받아들이는 오류를 범하지 않았기 때문에 가능했던 일인지도 모른다.

그는 특출한 자질을 갖춘 사람들, 예를 들어 법률이나 도덕에 해박한 학식을 갖춘 사람들을 대할 때는 시기심 없이 자신을 낮출 줄 알았으며, 기꺼이 도움을 주어 서로가 그 명망에 걸맞은 영예를 누렸다. 언제나 공공의 이익을 위해 행동했지만 절대 허세를 부리지는 않았다. 그는 변화와 동요의 한가운데 있기보다는 안정적으로 같은 장소에서 같은 일(정무)을 하기를 원했으며, 두통으로 끔찍한 고통을 당할 때도 통증이 사라지면 즉시 활기를 되찾아 정무에 복귀했다. 그에게는 감출만한 비밀이 없었으며, 어쩌다 갖게 되는 비밀이라고 해봐야 공공 부문에 관한 것이었다. 공식 행사, 공공건물 신축, 백성에게 내릴 하사금 등의 업무는 더없이 신중하고 알뜰하게 챙겼다. 모든 공무를 행할 때는 당연히 해야 할 일을 수행하는 것일 뿐, 업적을 통해 명예를 추구하려 하지 않았다.

그는 예정에 없는 시간에 목욕을 하지 않았으며, 불필요한 건축물을 축조하는 것을 좋아하지 않았고, 먹는 음식이며, 입는 의상의 재질과 색상, 자신이 부리는 하인의 용모 등에 관해서는 관심이 없었다. 입는 옷은 로리움에 있는 별장에서 보내왔고 일상용품은 라누비움에서 가져온 것이었다. 투스쿨룸^{Tusculum}에서 세금징수원이 용서를 빌었을 때 그가 취한 행동을 우리가 알고 있듯이, 그는 늘 그런 식으로 행동했다. 그에게는 가혹함, 무자비함, 폭력성, 혹은 다혈질적인 면이라고는 찾아볼 수가 없었다. 그는 마치 시간이 넉넉한 사람인 양 모든 것을 철저히 살폈고, 매사 열성과 끈기를 가지고 차분하게 정무를 수행했다. 소크라테스가 했던 것처럼 충동을 억누를 줄 알았고, 탐욕에 몸을 맡기는 일 없이 있는 현실에 만족하고 즐길 줄 알았다. 일시적인 충동에서 자유로웠던 그는 한결같이 맑은 정신을 유지했으며, 만사에 빈틈이 없었고, 강인하고 불굴의 정신을 지닌 남자의 증표였다. 이는 막시무스(스토아학파 철학자)가 병상에 있을 때 보여준 행동적 특징이라고 볼 수 있다.

17   나는 신의 은혜로 부모님이며 누이를 비롯하여 스승, 친구, 친척, 지인 등 거의 하나같이 훌륭한 사람들을 곁에 두었다. 사실 내가 환경만 조성되면 시험에 들만한 행동을 할 수 있는 기질을 타고났음에도 불구하고 경거망동하지 않았던 것은 신의 은총을

받았기 때문이다. 신의 가호로 나는 시련에 빠질 수 있는 많은 상황을 피했다. 할아버지 첩의 손에서 오랜 기간 양육되지 않았던 것, 청년기에 접어들어 남자다움을 증명하는 시기를 늦출 수 있었던 것도 다 신의 배려가 있었기에 가능했다.

통치자인 아버지를 둠으로써 자만심을 버릴 수 있었고, 수놓은 화려한 의상, 횃불, 동상, 호위병과 같은 과시적인 것 없이도 왕실 생활이 가능하다는 것을 깨달았다. 올바른 통치자로서 국익을 위한 정무 수행 시 게으름을 피우거나 천박한 생각에 빠지지 않았고, 일반인과 똑같은 삶을 살 수 있다는 것도 배웠다.

나를 존중하고 아껴주었으며, 언제나 스스로의 행동을 점검하는 철두철미한 도덕성을 가진 형제를 보내주신 것도 신께 감사드린다. 또한 정신적으로나 육체적으로 건강하고 온전한 자녀를 주신 것도 감사드린다.

내가 그 분야에 재주가 있다는 것을 알았다면 완전히 빠져들었을지도 모를 수사학, 시문학을 비롯한 각종 학문에 더 이상 탐닉하지 않게 해주신 것도 신들 덕택이며, 스승들의 나이가 아직 젊다는 이유로 그들이 바라는 영예를 미루지 않고 일찍이 합당한 영예를 수여한 것도 신들 덕분이다.

아폴로니우스Apollonius, 루스티쿠스Rusticus, 막시무스Maximus를 알게 된 것을 감사드린다. 또 왜 자연의 섭리에 따라 살아야 하는지, 그러한 삶은 어떤 의미가 있는지 자주, 그리고 분명하게 깨닫게 해주신 것에 감사드린다. 간혹 나의 부족함으로 신들의 꾸지람이나 신들의 직접적인 가르침을 듣지 못해 잘못을 저지르는 일은 있었다. 그러나 나는 변함없이 신을 영접했고, 신들의 은총과 영감에 의지하여 그 무엇에도 방해 받지 않고, 자연의 섭리를 따를 수 있었다.

내 육신이 오랜 기간 그러한 삶을 지탱할 수 있었던 것에 감사드리며, 베네딕타Benedicta나 테오도투스Theodotus (이 두 사람은 왕실의 노예였던 것으로 추정된다)에 빠져 한 번도 허우적댄 적이 없었으며, 순간적인 정욕에 빠졌을 때도 금방 헤어날 수 있었음을 감사드린다. 루스티쿠스에게 더러 실망할 때가 있었음에도 나중에 후회할 짓을 하지 않은 것에 감사드린다.

비록 어머니가 젊은 나이에 돌아가셨지만 마지막 몇 년을 함께 할 수 있었음에 감사드리며, 누군가 내 도움을 필요로 할 때, 혹은 그와 유사한 상황에 처했을 때 그들에게 손을 내밀 수 있었던 것에 감사드리며, 내가 남에게 손을 내밀어야 하는 처지가 한 번도 없었음에 감사드린다.

곰살궂고 검소했으며 나를 깊이 사랑한 아내를 주신 것에 감사드리고, 자식들을 위해 유능한 스승을 주신 것도 감사드린다. 또한 각혈이나 현기증과 같은 질환의 치료법을 꿈을 통해 알려 주심에 감사드린다.

그리고 철학에 몰입해 있을 때 그 어떤 궤변가에게도 마음을 빼앗기지 않았고, 역사가들에게 불필요하게 시간 낭비를 하거나, 삼단논법을 추론하기 위해 시간 낭비를 하지 않게 해주심을 감사드린다. 그리고 천체의 현상에 대한 연구에 깊이 빠져들지 않게 해주신 것도 감사드린다. 이 모든 것들은 신들의 도움과 행운이 따랐기에 가능했다.

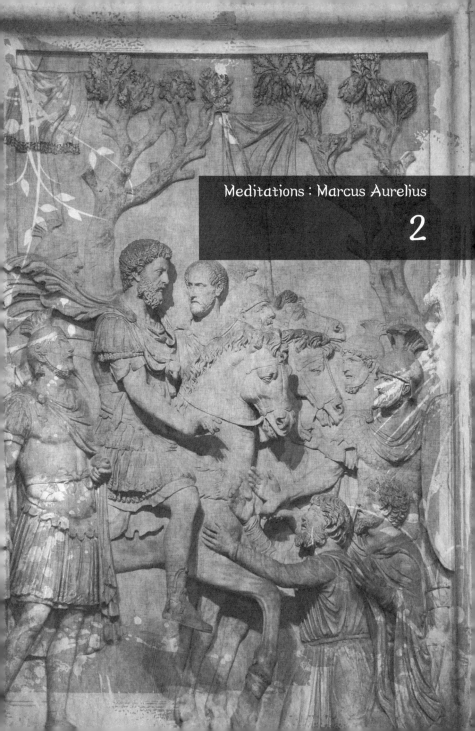

Meditations : Marcus Aurelius

2

1   아침에 일어나면 스스로에게 이렇게 말하라. "나는 오늘 하루 남의 말 하기 좋아하는 사람, 감사할 줄 모르는 사람, 거만한 사람, 신의가 없는 사람, 시기심 많은 사람, 비사교적인 사람들을 만나게 될 것이다." 이러한 사람들은 선악에 대해 무지하여 그렇다. 그러나 나는 선의 아름다운 본질과 악의 추악한 본질을 알고 있으며, 올바르지 못한 행동을 하는 자들의 본성을 알고 있다. 그러나 나 역시 태생적으로 그들과 같은 본성을 지녔으며, 그들 역시 나와 동일한 정신과 신성을 지니고 있음을 안다. 따라서 그들은 내게 상처를 줄 수도 없고, 그들의 죄악이 내게 영향을 끼칠 수도 없으며 나 또한 나와 같은 동류인 그들에게 화를 내서도, 미워해서도 안 된다는 사실을 안다. 왜냐하면 우리는

양손, 양발, 두 개의 눈꺼풀, 위아랫니와 같이 상호 협조하도록 만들어졌기 때문이다. 그러므로 그들과 충돌하는 것은 자연의 섭리에 어긋나는 일이며, 화를 내거나 서로 반목하는 것은 자연에 반하는 행위다.

2   모든 인간은 육신, 숨 그리고 이성으로 이루어져 있다. 책을 멀리하라(우리에게 남은 시간은 한정되어 있기 때문에 자신의 비망록 같은 것을 더 이상 읽을 시간이 없다는 의미다). 더 이상 무언가에 정신을 팔지 마라. 그 대신 마치 죽음을 앞둔 사람처럼 육신에 초연해져라. 육신은 혈액과 뼈, 신경조직, 핏줄, 힘줄 등이 얽혀 이루어진 것일 뿐이다. 그렇다면 우리가 숨을 쉰다는 것은 무엇인가. 그것은 매순간 우리가 공기를 들이마셨다가 내뱉는 행위일 뿐이다. 그렇다면 세 번째로 남는 것은 이성이다. 이렇게 생각해보라. 나는 노인이라고 말이다. 노인에게 인생은 얼마나 짧은가? 그러니 내 이성으로 하여금 누구에게도 예속되지도 말고, 가느다란 줄에 조종당하는 꼭두각시처럼 노예로 만들지도 말고, 현실을 탓하지도 말고, 미래에 대한 믿음을 버리지도 말게 하라.

3   이 세상의 모든 신성한 것은 신의 섭리로 충만하다. 우리에게 주

어진 운명과 기회는 신의 섭리에 따라 자연과 긴밀하게 엮여 있다. 모든 것은 여기서 비롯된다. 우주의 한 개체인 인간은 광대무변한 우주와 피할 수 없는 운명으로 맺어져 있다. 따라서 대자연이 가져다주는 것은 자연계의 모든 것을 위한 것이자, 대자연을 유지하기 위해 필요불가결한 것이다. 우주는 우주를 구성하고 있는 개개의 요소들뿐만 아니라 이 요소들이 한데 어울린 복합체들의 변화를 통해 보존된다. 이러한 원칙을 충분히 이해했다면 이 원칙을 삶의 지침으로 삼아라. 책을 향한 갈증을 버려라. 그래서 회한에 찬 죽음을 맞이하는 대신 참된 기쁨과 신에 대한 감사의 마음으로 죽음을 맞이하도록 하라.

4   스스로에게 자문해보라. 나는 얼마나 오랫동안 이러한 진리를 외면해왔으며, 신이 내린 그처럼 많은 기회를 외면했는가? 나는 우주의 권위자에 의해 존재하게 되었으나, 이제 나에게 주어진 시간은 한정되어 있다. 앞으로 주어진 시간은 이성을 혼란시키는 상념을 말끔히 쓸어버리는 데 사용할 것이다. 왜냐하면 시간은 지체없이 흘러가버릴 것이고, 다시는 예전의 나로 되돌아올 수 없음을 알기 때문이다.

5   나는 로마인으로서 사랑과 자유, 정의감을 갖고 주어진 일을 진
    솔하고 성실하게 완수할 것이며, 모든 잡념으로부터 자유로워
    지리라. 앞으로의 모든 행동은 마지막 날인 듯이 행하리라. 부
    주의하고 비이성적이며, 급작스러운 변덕, 그리고 위선과 이기
    심, 불만을 멀리할 때 비로소 완전한 자유를 얻는 것이 가능하리
    니, 이러한 원칙을 따른다면 소유한 것이 적더라도 평온하고 만
    족스럽게 살아갈 수 있으리라. 그리한다면 신들도 너를 보며 더
    없이 큰 만족을 얻을 것이다.

6   나의 영혼이여! 어찌하여 너는 그처럼 스스로를 책망하느냐. 이
    렇게 계속 책망하고 모멸한다면 기회는 더 이상 너를 찾아오지
    않을 것이다. 누구에게나 인생은 한번밖에 주어지지 않는다. 그
    런데도 나의 영혼은 자신을 존중하고 보살피는 대신 다른 사람
    에게 행복을 의탁하고 있구나.

7   외부에서 받은 충격으로 근심 걱정에 사로잡혀 있는가? 그럴 때
    일수록 방황이나 탈선을 경계해야 한다. 그런 시기에는 되도록
    밝고 긍정적인 마음을 갖도록 하라. 그렇게 한다면 옆길로 빠져
    헤매거나 탈선하는 것을 방지할 수 있다. 생각이나 행동에 아무

런 목적이 없다면 아무리 열심히 노력해본들 결국 시간만 낭비할 뿐이다.

8 다른 사람의 속내를 모른다고 내가 불행해지지는 않는다. 하지만 내 속내를 내가 알지 못하면 반드시 불행해진다.

9 우주 삼라만상의 본질은 무엇이며, 나의 본질은 무엇인가? 또 이 둘은 어떻게 연관되어 있는가. 부분과 부분이 모여 전체를 구성한다는 사실을 명심하라. 우주의 일원인 내가 본분에 맞게 행동하고 말한다면 그 누구도 나를 괴롭힐 자가 없으리라.

10 테오프라스투스Theophrastus는 진정한 철학자로서, '나쁜 행동'에 대해 누구나 알고 있는 보편적 상식에 비추어 깊은 통찰을 하게 해주었다. 그는 욕망을 좇아 저지른 나쁜 행동은 주체할 수 없는 분노로 저지른 나쁜 행동보다 더 큰 비난을 받아 마땅하다고 했다. 왜냐하면 분노에 휘둘려 저지르는 행동은 격심한 고통과 무의식적인 심리적 충동으로 잠시 이성을 잃었다고 볼 수 있지만, 욕망을 충족시키기 위한 쾌락적 행위는 대장부답지 못한 방탕으로 귀결되기 때문이다. 따라서 쾌락을 좇아 저지르는 행위는

끓어오르는 분노로 저지른 행위보다 더 큰 비난을 받아 마땅하다고 한 것이다.

왜냐하면 후자의 경우는 억울한 일을 당해 저지른 무의식적 행동이라고 볼 수 있지만, 전자의 경우는 욕망에 휘둘려 충동적으로 행한 행위이기 때문이다. 이는 철학적 성찰이 돋보이는 말이다.

11 사람은 누구나 한순간에 삶을 마감할 수 있는 존재라는 사실을 직시하라. 만약 신이 존재한다면 어느 때 죽는다고 해도 두려울 것이 없다. 신은 우리가 악의 구렁에 빠지지 않도록 도와줄 것이기 때문이다. 그러나 신이 존재하지 않는다면, 혹은 신이 인간의 일에 무관심하다면, 우리가 신의 섭리에 지배 받지 않는 세상에 살아가는 것이 무슨 의미가 있겠는가. 그러나 신은 진실로 존재하며, 신은 진정으로 우리를 사랑하기 때문에, 우리가 악과 맞설 수 있도록 모든 수단과 방법을 우리의 능력 안에 부여해주셨다. 그리고 만약 사후 세계에 악이라는 것이 존재한다면 신은 그것을 피할 수 있는 수단과 방법을 우리의 능력 안에 부여했을 것이다. 그러므로 진정 우리를 악으로부터 보호하고 계시는 그분은 절대 우리를 불행으로 이끌지는 않을 것이다.

이 세상을 관할하는 우주는 근본적으로 능력이 부족해서 인간이 무지하고 비이성적이며 불행에 노출되도록 방치하고 계신 것이 아니다. 게다가 우주가 자신이 가진 굉장한 파워를 보여주기 위해 선인과 악인 모두에게 무차별적으로 행운과 불운을 퍼붓는 과오를 저지른다는 것도 있을 수 없는 일이다. 하지만 삶과 죽음, 명예와 불명예, 고통과 쾌락 등은 선인과 악인 모두에게 똑같이 일어나며, 그러한 일을 당한다고 해서 그 당사자가 더 미천해지거나 고귀해지는 것은 아니다. 따라서 그러한 것은 선도 악도 아니다.

12   이 세상 모든 것, 그리고 그 모든 것들에 대한 기억까지도 얼마나 빨리 세월과 함께 사라져버리는가. 감각적인 것의 본질, 예컨대 우리를 두려움에 떨게 하는 고통, 우리를 유혹하는 쾌락, 잘난 체 거들먹거리게 하는 오만 등의 진정한 본질은 무엇인가? 우리는 이성적 파워를 통해 이 모든 것이 더없이 부질없고 천박하다는 사실을 알고 있다. 또한 저속한 신념이나 웅변으로 명성을 얻은 자들의 실체를 알아내는 것도 이성적 파워가 하는 일이다.

그렇다면 죽음이란 무엇인가? 만약 죽음에 관해 우리가 갖고 있는 관념적이고 피상적인 인식 대신 논리적 사고의 파워로 그 깊이를 들여다본다면 죽음은 단지 자연의 한 과정에 지나지 않음을 알 수 있다. 그런데도 이 같은 자연의 이치를 두려워한다는 것은 얼마나 어린아이 같은 생각인가. 알고 보면 이는 자연의 한 과정일 뿐만 아니라 자연의 뜻에 순응하는 일이다. 인간이 자신만이 갖고 있는 고유의 방법으로 언제, 어느 때 신과 가까워지게 되는지 인식하는 것도 이성이 하는 일이다.

13 남의 일에 간섭하며 돌아다니는 사람, 즉 어느 시인이 언급한 것처럼, '묻혀 있는 것을 파헤치는 데 혈안이 된 사람보다 더 못난 사람'은 없다. 또한 자신의 내면에 존재하는 이성에 귀를 기울이며 참된 삶을 사는 것을 거부하고 남의 의중을 자기 마음대로 지레짐작하려 드는 사람 역시 못나기는 마찬가지다. 왜냐하면 신의 뜻으로 이루어진 모든 것은 그 선하심으로 인해 숭배되어 마땅하며, 인간의 모든 행위는 우리가 같은 동류이기 때문에라도 자비의 마음으로 받아들여야 한다. 선과 악을 구분 못하는 그들의 무지에 대해서도 때로는 연민의 정을 가져야 한다. 어떤 면에서 보면 흑과 백을 제대로 구분할 줄 모르는 눈 먼 우리의 결함이 무지한 그들의 결함에 비해 더 나을 것이 없기 때문이다.

14 비록 3천 년, 아니 그보다 열 배나 더 오래 산다 하더라도 결국

은 내게 주어진 삶을 살다 갈 뿐 절대 덤으로 다른 인생을 살 수는 없다. 짧게 사나 길게 사나 결국은 마찬가지다. 현재라는 시각은 누구에게나 똑같이 주어졌다가 누구나 똑같이 그것을 잃을 뿐이다. 과거나 미래를 잃는 자는 누구도 없다. 지금 갖지 못한 것을 어느 누가, 무슨 수로 빼앗는단 말인가?

그러므로 우리가 기억해야 할 것이 두 가지 있다. 첫째, 아득한 옛날부터 삼라만상의 모든 것이 늘 한결같은 형태를 지닌 채 순환을 반복해왔으니, 이러한 것들을 백 년을 살며 지켜보든, 이백 년 혹은 영겁의 세월을 살며 지켜보든 별 차이가 없다는 사실이다. 둘째, 장수를 하든 요절을 하든 잃는 것은 마찬가지라는 것이다. 가진 것이 진정 현실일 뿐이라면 잃는 것 또한 현실일 뿐이며, 갖지 않은 것은 잃을 수가 없다.

15 "모든 것은 관념으로 결정된다."는 철학자 모니무스Monimus가 한 이 말은 명백한 진리다. 삶의 핵심을 찌르는 이 말은 살아가는 데 매우 유용하다.

16 인간의 영혼은 제 스스로 퇴보를 자초할 수도 있다. 이를테면 영혼에 농양이 생겨 세상의 종양 같은 존재가 되었을 때 그러하다.

불운을 만나 분개한다는 것은 우주의 근본이라고 할 수 있는 자연으로부터 이탈을 행한다고 볼 수 있다. 누군가에게 등을 돌리거나 남을 해치려 하는 행위 역시 자신의 영혼을 갉아먹는 짓이다. 이들 영혼은 분노해 있기 때문이다.

쾌락이나 고통에 굴복했을 때, 그리고 자기 스스로를 기만하고 불손하고 거짓된 언행을 행할 때도 그러하다. 아무리 사소한 일도 그 최종목표를 고려해서 행해야 한다. 율법을 따라야 하는 이성적 동물이 자신의 행동을 성찰하지 않은 채, 지각없이 행동한다는 것은 제 스스로를 타락의 구렁에 빠뜨리는 행위다.

17 우리의 전 생애를 지배하는 시간이란 순간에 불과하며, 그 존재는 유동적이며, 인식은 무디고, 육신은 언젠가 썩어 없어진다. 소용돌이치는 상념, 예측 불가능한 운명, 덧없는 명예……. 우리의 육신은 시간의 강을 흘러가고, 영혼은 꿈이며 연기처럼 소멸하며, 명예는 잊히고 만다. 이런 우리네 인생은 마치 전쟁터 같기도 하고, 길 떠난 나그네의 여정 같기도 하다.

이토록 불안정한 존재인 우리 인간을 제대로 이끌어주는 것이 있기나 할까? 있다. 오직 철학만이 그것이 가능하다. 철학은 내면에 있는 이성적 파워를 해하거나 모독하지 않으며, 고통과 쾌락을 초월하고, 목적 없고 위선적인 행동을 하도록 하지 않는다. 또한 누군가가 나를 위해 뭔가를 해주기를 바라지 않으며, 나에게 주어진 모든 것, 나에게 일어나는 모든 것이 나의 존재를 있게 한 근원에서 비롯된 것이라 여긴다. 죽음을 받아들이되 이는 모든 생물을 구성하는 원소가 해체되는 것에 불과하다고 여기며, 밝은 마음으로 죽음을 기다리게 한다.

원소들은 이것에서 저것으로 변해가는 과정에서 스스로를 해치는 일이 없다. 그렇다면 우리 인간도 변화와 해체에 대해 근심할 이유가 없지 않은가. 이는 자연의 순리에 따르는 것이며, 자연의 순리에 따르는 일에는 악이 있을 수가 없다.

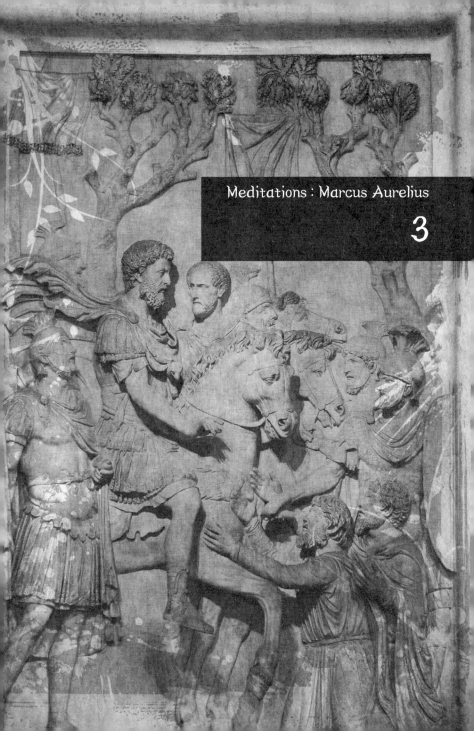

Meditations : Marcus Aurelius

3

1   우리의 삶은 날마다 소진되어가고 있으며, 앞으로 남은 삶도 점점 줄어든다는 사실에 너무 집착해서는 안 된다. 인간의 수명이 연장된다고 가정했을 때, 우리의 이해력과 사리분별 능력, 그리고 인간과 신에 대한 올바른 이해력을 유지할 수 있을지 의문스럽기 때문이다. 왜냐하면 고령에 이르러서도 영양 섭취와 배설 등 생리적 욕구는 그대로 유지되지만, 사회의 일원으로서 분별력 있게 자신의 임무를 완수하고 떠나야 할 시기, 즉 이성적 능력이 절대적으로 요구되는 시기에 그 능력이 소진되어버린다. 그러므로 우리는 서둘러야 한다. 날마다 죽음을 향해 쉬지 않고 달려가고 있기 때문이다. 이제 머지않아 사물을 이해하고 판단하는 기능은 멈출 것이다.

2   자연의 섭리에 의해 일어나는 현상을 통해 우리는 뜻하지 않은
아름다움을 발견하게 된다. 예를 들면 노릇노릇 구운 빵의 껍질
에는 균열이 있다. 제빵사가 의도한 것은 아니겠지만, 이처럼
균열이 생긴 빵은 식욕을 자극한다. 무화과도 무르익으면 열매
가 갈라지고, 거의 썩기 직전의 잘 익은 올리브 열매에는 독특한
아름다움이 있다. 무르익어 고개를 숙인 옥수수, 사자의 눈썹,
멧돼지의 입에서 흘러나온 거품, 그리고 그 외의 수많은 것들이
우리가 생각하는 미의 기준에는 미치지 못하지만 고유의 아름
다움으로 우리의 마음을 사로잡는다. 이러한 감성은 누구나 갖
게 되는 것은 아니다. 자연과 자연의 섭리를 진정으로 이해하는
자만이 그것을 느낄 수 있다.

세상 모든 만물을 따뜻한 마음과 깊은 성찰을 통해 들여다보면,
자연이 빚어낸 의도치 않았던 결과물에서 우리는 놀라운 면모
를 발견하게 된다. 예컨대 입을 쩍 벌린 짐승의 모습에서 화가나
조각가들의 예술품에서 발견하지 못했던 경이로움을 느낄 수
있고, 노쇠한 노인들에게서 순박한 완숙미를 발견할 수 있으며,
젊은이들에게서는 눈을 뗄 수 없는 청춘의 매력에 사로잡힌다.
이러한 아름다움은 누구나 발견할 수 있는 것은 아니다. 자연과
자연의 섭리를 진정으로 잘 이해하는 자만이 느낄 수 있다.

3   히포크라테스는 많은 환자의 질병을 치료해준 뒤 자신도 병이
들어 죽었다. 칼데아의 현자들은 수많은 이의 죽음을 예언해주
었지만 그들 자신도 죽음의 숙명을 피할 수 없었다. 알렉산드로
스 대왕, 폼페이우스, 카이사르와 같은 영웅들은 많은 도시를
파괴시키고, 전쟁터에서 수많은 기사와 병사를 베어 죽였지만
그들 역시 생을 마감했다. 헤라클레이토스는 세상에 종말을 가
져다 줄 큰 불덩어리에 대한 수많은 가설을 세웠지만 정작 자신
은 수종을 제거하기 위해 쇠똥을 잔뜩 뒤집어쓴 채 죽음을 맞았
다. 데모크리토스는 이 때문에 목숨을 잃었고, 소크라테스는
이 같은 인간들 때문에 목숨을 잃었다. 이러한 것들은 무엇을 의
미하는가? 이제 너는 항구를 떠났고, 바다를 건너 해안에 도착
했다. 그러니 배를 떠나야 한다. 만약 사후에 또 다른 세상에 다
다르게 된다면, 그곳이라고 신이 없겠는가? 감각이 사라지면
고통과 쾌락으로부터 자유로워져 더 이상 선박의 노예로 얽매
여 살지 않아도 된다. 배는 그저 배일 뿐이다. 배를 타고 항해하
는 자는 지성과 신성이 있으나, 배는 거저 썩어 흙이 될 뿐이니
얼마나 하찮은 것인가?

4   모든 사람에게 득이 되는 일이 아니라면 그 일을 걱정하느라 남

은 인생을 허비하지 마라. 다른 사람이 어째서 그런 말을 하고, 그런 생각과 행동을 하는지, 무슨 꿍꿍이속을 갖고 있는지 골몰하다 보면 정신이 산만해져 정작 네게 주어진 기회를 놓치고, 너 자신이 어떤 파워를 갖고 있는지 알지 못하게 된다. 따라서 우리는 부질없는 상념에 매몰되어 있는 것은 아닌지, 저속한 호기심과 적개심을 품고 있는 것은 아닌지 끊임없이 점검해야 한다. 만약 누군가로부터 "지금 무슨 생각을 하고 있느냐?"고 불쑥 질문을 받더라도 부끄럽지 않은 대답을 할 수 있어야 한다. 머릿속은 늘 순수하고 선하며 사회적 동물로써 행해야 할 실천적 덕목들로 채워져 있어야 한다. 즉 말초신경을 자극하는 쾌락, 시기심, 의혹, 적개심 등 수치심을 자극하는 생각이 아니라 당당하게 입 밖에 내어 말할 수 있는 것으로 채워야 한다.

이런 사람은 쾌락으로 영혼을 더럽히지도 않고, 고통으로 상처받지도 않으며, 어떤 모욕을 당하더라도 흔들림 없이 내면의 신성을 유지한다. 게다가 죄의식에 사로잡히는 일이 없으므로 신의 종인 성직자처럼 모든 이로부터 존경의 대상이 된다. 이들은 거룩한 전쟁에 참전 중인 용사와 같이 어떤 격정에도 굴복하는 일이 없고, 정의로우며, 자신에게 일어나는 일과 자기에게 주어진 일을 기꺼이 받아들인다. 따라서 이들은 타인을 생각하느라 머릿속을 채우는 일도 없고, 그럴 필요성도 느끼지 못한다.

이들은 자신의 분수에 맞게 제 임무를 다하고, 자신에게 주어진 과제가 무엇인지를 끊임없이 숙고하며, 늘 긍정적인 자세로 살아간다. 주어진 운명을 피할 수 없다고 생각하기 때문이다. 또한 이들은 이성을 지닌 모든 존재를 자신의 형제자매로 여기며, 만인에게 온정을 베푸는 것이 인간 본연의 의무라고 믿는다. 그렇다고 해서 모든 사람의 의견을 무분별하게 수용하는 것이 아니라, 오직 자연의 섭리에 순응하는 사람의 견해를 존중한다.

자연과 인간의 본성에 어긋나는 삶을 사는 사람들에 대해서는 늘 경계심을 늦추지 않으며, 이들이 어떤 자들과 어울려 타락한 생활을 하는지 항상 유념해 살핀다. 따라서 이들의 입에서 나오는 번지르르한 사탕발림은 일고의 가치도 없다는 것을 잘 알고 있다. 이런 자들은 스스로에 대해서조차 만족할 줄 모르는 사람들이기 때문이다.

5 어떤 일을 할 때는 마지못해 하거나, 공공의 이익을 묵살하거나, 한눈을 팔거나, 충분한 사전 검토 없이 행해서는 안 된다. 또한 자신의 생각을 미사여구로 치장하려 들어서도 안 되고, 장황하게 늘어놓아서도 안 된다. 그리고 일을 크게 벌여 분답을 떨어

서도 안 된다. 늘 내면에 있는 신성神性을 길잡이 삼아 성숙하고 인간다운 삶을 영위해야 하며, 대장부답게 제 위치를 지키며 소명을 기다렸다가 서약이나 누군가의 증언을 들을 필요 없이 언제든 주어진 임무에 뛰어들 준비가 되어 있어야 한다.

6   언제나 긍정적인 태도를 지녀라. 외부의 도움을 바라거나, 다른 사람의 힘을 빌려 평안을 얻으려 하지 말고 스스로 꿋꿋하게 서야 한다.

7   살아가면서 정의, 진리, 중용, 강단…… 이런 것보다 더 귀한 것을 본 적이 있는가? 나의 선택 여부와 상관없이 주어진 조건에 만족하고, 분별력 있게 행한 과거의 행적에서 느끼는 만족감보다 더 큰 기쁨을 얻은 적이 있는가. 그렇다면 전력을 다해 최상의 것을 찾아 탐닉하라. 이를 실천하기 위해서는 세속적 욕망을 잠재우고, 모든 피상적인 것들의 실체를 세심하게 살피고, 소크라테스가 한 말처럼 '말초신경을 자극하는 육체적 유혹'을 뿌리치도록 하며, 오로지 하늘의 뜻을 따르라. 인류에 대한 사랑보다 신성하고 고귀한 것이 없다면, 그리고 세상 모든 것이 내가 따르는 신성에 비해 하찮게 보인다면, 그런 잡다한 것들에 마음

을 빼앗겨서는 안 된다. 세속적인 욕망에 마음을 빼앗기다 보면 진정 선하고 옳은 것을 외면하게 된다.

만인에게 칭송받고, 권력과 쾌락에 탐닉하는 삶에 길들여지게 되면 이성, 정의, 선을 지향하는 삶이 어려워진다. 이처럼 사람의 마음을 사로잡는 세속적 욕망은 어느 순간 최고의 가치로 부상했다가 한순간에 나락으로 떨어뜨린다. 그러므로 우리는 기꺼운 마음으로 선을 선택하고 최고의 가치로 삼아야 한다. 선만큼 사람을 편안하게 하는 것은 없다. 이성적 존재인 인간의 마음을 편안하게 하는 것이라면 망설임 없이 따라야 할 것이다. 하지만 동물적 존재로서의 나에게 유용하다면 오만을 부리지 말고 그 결정을 준수하라. 다만 그것을 충분히 검토해야 한다.

8 신의를 저버리고, 자긍심을 잃고, 누군가를 미워하고 의심하며, 위선적인 행동을 하고, 장벽을 쌓고, 장막을 치고 싶다는 충동을 주는 감정들은 전혀 너에게 득이 되지 않는다. 지성과 이성에 늘 귀를 열어놓는다면 불행한 일을 겪더라도 투덜거리는 일이 없으며, 무리에서 홀로 떨어지거나 무리와 함께 어울리는 것에 별 불편함을 느끼지 않을 것이다. 그러므로 지성과 이성을 벗삼아 살아간다면 스스로 제 무덤을 파는 우를 범하여 죽음의 위

기에 처하는 일도 없고, 육신이라는 거죽에 담긴 혼이 얼마나 더 오래, 혹은 짧게 그 삶을 마감할 것인지에 대해 개의치 않는다. 또한 당장 세상을 하직한다 할지라도 평소와 다름없이 품위와 절도를 지키며 운명에 순응한다. 평생 지키고 따라야 할 일은 오직 이것뿐이다. 즉 지성을 가진 동물이자 운명 공동체의 일원으로서 우리는 거기에 합당한 삶을 살아야 한다.

9   마음이 꼿꼿하고 곧은 자에게서는 부정부패나 곪은 종기 같은 것을 찾아볼 수 없다. 연극이 끝나기 전에 무대에서 사라지는 단역배우처럼 뜻하지 않게 운명을 맞게 되더라도 그 삶이 미완성으로 끝나는 것이 아니다. 이들은 비굴함도 오만함도 없고, 그 어떤 것에도 집착을 보이거나 회피하려 들지 않으며, 변명하거나 뭔가를 숨기는 일도 없다.

10   인간에게 주어진 사고력을 존중하라. 인간은 분별력을 지녔기에 동물적 본성이나 자연과 합치되지 않는 것을 거부한다. 또한 분별력이 있기 때문에 섣부른 판단을 경계하고, 인류애를 실천하며, 신의 말씀에 따른다. 그러니 조촐하지만 우리에게 주어진 작고 귀한 것들에 만족하고, 그 외의 잡다한 것들은 모두 떨쳐버

려라. 우리에게 주어진 작고 귀한 것들이란 무엇을 말하는가? 먼저 우리에게 주어진 생애의 순간순간이다. 우리가 실제로 직면하고 있는 이 순간은 어김없이 펼쳐지는 현재의 이 순간뿐이며, 그 나머지는 이미 지나간 과거거나 불확실한 미래일 뿐이라는 사실을 직시해야 한다. 이러한 사실을 토대로 생각해보면 우리에게 주어진 시간이 얼마나 제한적인지 알게 된다. 우리의 입지라고 해봐야 이 세상의 조그만 한구석에 지나지 않는다. 죽고 난 뒤 아무리 명성이 오래간다고 한들 그 얼마나 허망한가. 또 사후의 명성을 지켜줄 후세의 사람들조차 죽음을 맞는 것은 마찬가지다. 또한 그들은 자기 자신이 누군지조차 알지 못하는 사람들이기에 오래전에 죽은 사람의 일 따위는 관여하지도 않는다.

11 이미 배워 알고 있는 것 외에 덧붙여 알려줄 것이 있다. 머릿속에 떠오르는 것에 대해 스스로 정의를 내리고 설명해봄으로써 그것의 본질을 분명히 파악하고, 그것이 지니는 적나라한 독자적 본질은 물론 온전한 전체로서의 본질이 무엇인지 인식하라. 또한 다른 것과 결합되었을 때 어떤 성질을 띠는지, 그것은 결국 어떤 모습으로 귀납되는지 곰곰이 생각해보라. 살아

가면서 마주치는 실체들을 논리적이고 공정하게 검토해보고, 그것이 세상에서 지니는 의미가 무엇인지, 그것은 어떤 효용성이 있는지, 전체에서 비춰볼 때 그것이 지닌 가치가 무엇인지 생각하라.

또한 단지 가정이 모여 이루어진 사회가 아닌 보다 높은 가치를 지닌 사회의 일원으로서 그것이 어떤 가치를 지니는지 생각하라. 나아가 인간 사회에 존재하는 만물의 존재 본질은 무엇이며, 그 구성 요소는 무엇인지, 지금 내가 인식하는 것의 본질은 무엇이며, 그 본질은 얼마나 오래 지속될 것이며, 그것을 대면하는 데는 겸손, 대담함, 진실, 성실, 소박, 만족, 그 외에 어떤 덕목이 더 필요한지, 이러한 것들을 논리적이고도 공명정대하게 검토해보는 것보다 인간의 사상을 진보시키는 것은 없다.

우리는 어떤 상황에 부딪치더라도 이렇게 말할 수 있어야 한다. "이것은 신의 뜻이다." 혹은 "이것은 얽히고설킨 운명의 실타래가 빚어낸 결과거나 우연이거나 우연의 일치에 불과하다." 혹은 "이는 인간이 행한 일이다. 그 사람은 나와 같은 피와 살을 가지고 동시대를 살고 있지만 자신에게 주어진 천명이 무엇인지 알지 못하기 때문에 불의를 저지른 것이다. 하지만 나는 내게 주어진 천명을 알고 있다. 따라서 우리는 반드시 따라야 할 인류애의 법칙을 받들어 자비와 정의로 모든 이를 대해야 한다. 아울러 아무리 하찮은 것이라도 소중히 여기며, 최선을 다해 그 가치를 존중해야 할 것이다."

12 행복한 삶을 원하는가? 그렇다면 자기에게 주어진 일을 원칙에 따라 성심성의껏, 열성을 다해, 다른 일에 한눈파는 일 없이 차분하게 완수하라. 마치 무언가를 고이 되돌려주어야 할 책임이 있는 것처럼 말이다. 내면의 신성이 손상되지 않게, 그 무엇을 바라거나 두려워하지도 말고, 다만 하늘이 내게 맡긴 일을 해내는 데 만족하며 모든 언행에 거짓이 없다면 반드시 행복한 삶을 누리게 될 것이다. 그 누구도 이를 방해할 수는 없다.

13 급작스럽게 의술이 필요한 때를 대비해 모든 의료장비를 갖추어 두는 의사처럼 하늘의 뜻이건 인간사에 관한 일이건 일어날 수 있는 모든 상황에 대비해 늘 철학적 원칙을 세워두어야 한다. 제아무리 사소한 일이라도 하늘과 인간은 서로 불가분의 관계로 결속되어 있음을 알아야 한다. 하늘의 뜻을 외면하면 이 세상의 그 어떤 일에서도 성공할 수 없으며, 마찬가지로 세상일을 무시하면 하늘의 뜻을 절대 이룰 수 없다.

14 예전에 써두었던 기록물을 다시 꺼내 들춰 보거나, 혹은 고대인들의 행적이 적힌 책이나 먼 훗날 다시 읽어보려고 간수해두었던 책을 꺼내 읽는 헛된 행위를 멈추어라. 과거 속에서 방황하는 대신 결승점을 향해 도약하라. 너의 삶이 소중하다면 허황된 희망을 버리고, 아직 힘이 남아 있을 때 스스로를 구원하라.

15 훔치다, 씨를 뿌리다, 구매하다, 조용한 시간을 갖다, 제 본분을 다하다, 이러한 말 속에 숨겨진 다양한 의미를 사람들은 알지 못한다. 그 의미를 꿰뚫는 눈은 따로 있기 때문이다.

16 육신은 감각이, 영혼은 욕망이, 이성은 지성이 지배한다. 겉모습을 통해 사물을 인식하는 것은 동물도 할 수 있는 일이며, 욕망에 휘둘리는 것은 들짐승이나 소인배들, 나아가 팔라리스 왕이나 네로 황제 같은 인물도 했던 일이다(팔라리스나 네로 모두 잔인하기로 이름난 폭군이었다.). 적절한 행동으로 이끄는 지성은 신을 믿지 않는 자에게도, 제 나라를 배반한 자에게도 있고, 문이 닫히면 불순한 행동을 저지르는 자에게서도 찾아볼 수 있다. 따라서 이러한 것들은 인간이라면 누구나 공통적으로 갖춘 자질이다. 그러니 자기에게 주어진 운명을 기쁘게 받아들이고, 가슴속에

간직한 신성을 훼손하지 말고 초연하게 지키며, 군중심리에 동화되지 않고, 신의 가르침을 따르되 진리에 반하는 말을 삼가고, 정의에 어긋나는 행동을 삼가는 것은 위대한 인간에게서만 찾아볼 수 있는 귀한 성품이다. 이런 사람은 자신이 소박하고 겸손하며, 만족한 삶을 살고 있다는 것을 그 누구도 인정하지 않는다 해도 그들에게 분노하지 않는다. 그들은 진실되고 초연하게 삶의 마지막 순간까지 자신의 길을 가다가 떠날 준비가 되면 주어진 운명에 순응하며, 아무런 회한 없이 세상을 하직한다.

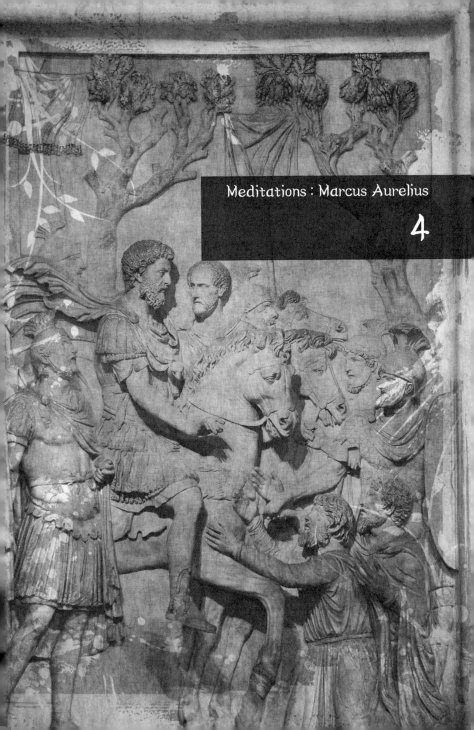

Meditations : Marcus Aurelius

4

1   자연의 순리를 따를 때 우리의 내면을 지배하는 힘은 어떤 외부적 충격에도 흔들림이 없다. 내면의 힘은 제한된 물리적 속성으로 움직이는 것이 아니라, 특정 조건하에서 본연의 목표를 향해 움직이기 때문이다. 그 힘은 장애물을 만나면 그것을 추진동력으로 바꾸어버린다. 이는 마치 뭔가를 던지면 꺼지는 작은 등불과는 달리 그것을 연료로 훨훨 타오르는 거센 불길과 같다. 이 불길은 겹겹이 쌓인 연료를 바탕으로 더욱 거세게 타오르는 힘이 있다.

2   뭔가를 시도할 때는 목표의식이 분명해야 하며, 자신이 정한 원리원칙에서 벗어나서는 안 된다.

3 　현실에서 벗어나고 싶다는 생각이 들 때 산이나 해변, 또는 한적한 시골을 찾아 떠나는 사람이 있다. 이때 이들을 지켜보는 사람들은 자신도 그들처럼 훌쩍 떠났으면 하고 간절히 바란다. 그러나 이는 잘못 알고 하는 소리다. 알고 보면 누구나 원하기만 하면 언제든 자신의 내면으로 은신하여 휴식을 취할 수 있기 때문이다. 세상에서 자신의 영혼이 거하는 내면보다 더 고요하고, 평화로운 곳은 없다. 더구나 그곳에 들여다보기만 해도 즉시 평온을 되찾게 해주는 지혜가 담겨 있다면 더 이상 무얼 바라겠는가. 평온한 마음이란 잘 정돈된 마음이다.

그러니 이런 식의 휴식을 통해 재충전의 시간을 갖도록 하라. 자신이 지켜야 할 원칙을 기본에 충실할 것으로 정하면, 이 원칙이 머릿속에 떠오르기만 해도 영혼은 순식간에 정화되고, 갖가지 불평불만에서 벗어나 자유로워질 것이다.

무엇이 나를 괴롭히는가? 인간에게 내재한 악인가? 그렇다면 이렇게 생각하라. 모든 이성적 동물은 서로를 위해 존재하며, 그들 중 누군가가 잘못을 저지르는 것은 그것이 죄악이라는 사실을 모르고 저지르는 것이니, 그들의 행동을 보아 넘기는 것도 정의의 일부다. 아무리 원수처럼 싸우고 의심하고, 미워하던 사람들도 결국은 죽어 재가 되고 만다. 이런 생각을 하게 되면 마음이 더없이 고요해질 것이다.

내 삶이 불공평하다는 생각에 불만인가? 그렇다면 그것이 신의 섭리라고 생각하거나, 혹은 사소한 것들이 모이고 쌓여 만들어 낸 일시적 현상에 지나지 않는다고 생각하라. 아니면 세상은 원래 이해관계가 상충하는 하나의 정치 집단일 뿐이라고 주장한 사람들의 말을 기억해보라. 그러면 마음이 편안해질 것이다.

마음을 어지럽히는 것이 육신과 관련된 일이라면 이렇게 생각해보라. 마음이 육신에서 벗어나 스스로가 지닌 파워를 발견하면 삶이 평탄하든 고난으로 차 있든 거기에 얽매이지 않게 된다. 그리고 고통과 쾌락에 대해 지금껏 듣고 수긍했던 말들을 생각해보라. 그러면 마음이 고요해질 것이다.

명예에 대한 욕망으로 고통 받고 있는가? 그렇다면 현재라는 시간의 앞뒤에 무한히 펼쳐진 시간의 카오스 속으로 얼마나 많은 것들이 순식간에 잊혔는지 생각해보라. 박수갈채의 덧없음, 나를 칭송했던 자들의 변덕과 빈약한 변별력이 얼마나 협소한 공간 속에서 벌어지고 있었는지도……. 그러면 마음이 잠잠해질 것이다. 우주 만물 가운데 하나인 지구는 작은 점에 지나지 않으며, 그 작은 점 같은 지구 속에서 내가 거하는 곳은 또 얼마나 협소한 공간인가. 이처럼 좁은 우주의 한구석에서 명예를 얻게 된들 그 추종자가 얼마나 제한적이겠는가!

그렇다면 남은 것은 단 하나. 내 마음에 나만의 조그만 공간을 마련해 그곳에서 휴식을 취하는 것이다. 더 이상 혼란에 빠져 수고하려 들지 말고 스스로를 자유롭게 놓아주라. 한 인간으로서, 시민으로서, 유한한 생명을 타고난 존재로서 세상을 바라보라. 내면의 평온을 위해 마음속에 담아두어야 할 것이 한두 가지가 아니지만, 다음 두 가지만은 반드시 명심해야 한다.

첫째, 세상의 그 무엇도 내 영혼을 침범하지 못한다는 사실이다. 세상 모든 것은 요지부동한 외부에 존재하고 있으나 내 모든 근심 걱정은 나의 내면에 있는 상념에서 비롯된 것이다.

둘째, 눈에 보이는 모든 것은 언젠가는 소멸한다. 얼마나 많은 것들이 변화하여 사라져갔는지 생각해보라. 세상은 끝없이 변화하고, 우리의 삶은 생각하기에 따라 얼마든지 달라질 수 있다.

4   인간이라면 누구나 사고 능력을 갖추고 있고, 이성을 가진 존재는 분별력을 지니고 있다. 따라서 모든 인간에게는 해야 할 일과 하지 말아야 할 일을 분별하는 이성적 능력이 있다. 그리고 인간 사회에서는 누구에게나 통용되는 보편법이 존재한다. 이 보편법을 지키고 따르는 우리는 공동체적 시민으로서, 세상이라

는 거대한 공동체의 일원으로 살아가고 있다. 전 인류를 총체적 일원으로 엮어주는 것이 이곳 외에 그 어디에 있겠는가? 이러한 사실로 미루어볼 때 우리가 사는 이 세상은 우리의 사고, 이성, 규범의 근원지라고 볼 수 있다. 이곳 외에 그 어디에서 이러한 것들이 발원될 수 있겠는가?

나라는 존재는 흙에서 생겨났으며, 물은 또 다른 근원에서 생겨났다. 대기나 열기, 불 등도 제각기 독자적인 발원의 근원이 있다. 이 세상 그 어느 것도 무無에서 생겨나 무無로 돌아가지는 않는다. 마찬가지로, 인간의 사고 역시 그 근원이 있는 것이다.

5 태어나는 것과 죽는 것은 신비로운 자연의 영역이다. 우리는 모두 동일한 물질로 생겨났다가 동일한 물질로 분해된다. 따라서 삶과 죽음에 굴욕을 느낄 필요는 없다. 이는 이성적 동물의 본성에 어긋나는 것도, 인간의 이성에 어긋나는 것도 아니다.

6 고유의 본질적 특성을 지닌 인간에게 제각각 고유의 본질적 특성이 드러나는 것은 너무나 자연스러운 일이다. 따라서 자신의 고유한 본질적 특성에서 벗어나기를 기대한다는 것은 무화과나무에 즙이 생겨나지 않기를 바라는 것과 같다. 그야 어쨌든 반드

시 기억해야 할 것은 우리에게 주어진 시간은 지극히 짧으며, 누구나 그 짧은 생애를 살다 영원히 잠든다는 사실이다. 그리고 머지않아 우리의 이름조차도 잊히고 만다.

7 "나쁜 일을 당했다."는 생각을 중단하면 거기에 대한 불평도 사라진다. "나쁜 일을 당했다."는 불평을 중단하면 그 나쁜 일도 사라진다.

8 타고난 본성이 더 이상 거칠어지지 않는다면 개인의 인생도 평탄해지며, 내적으로나 외적으로나 불운을 만나 곤란을 겪는 일도 없을 것이다.

9 보편적 유용성을 가졌다는 것은 보편적으로 유익할 수밖에 없는 본질을 갖고 있다는 의미다.

10 모든 일에는 '납득'할만한 요인이 있다. 어떤 일이든 세심하게 관찰해보면 그렇게 진행될 수밖에 없는 필연적 연유를 알 수 있다. 내가 말한 납득한다는 의미는 일련의 과정에 대한 총체적 이해를 돕고자 하는 것이 아니라, 어떤 일을 맡은 당사자가 안성맞

춤의 적임자라는 가정하에 이루어지는 일들을 두고 하는 말이다. 이런 일을 유심히 관찰하다 보면 자신의 행동에도 이런 원칙을 적용하게 된다.

11 나에게 잘못을 저질렀거나 혹은 내가 잘못된 행동을 하기를 바라는 사람과 똑같은 생각을 해서는 안 된다. 모든 문제를 볼 때는 있는 그대로의 진실을 봐야 한다.

12 사람의 마음속에는 반드시 두 가지 행동 기준이 있어야 한다. 첫째는 지배적인 권위와 법률의 근간이 되는 논리에 따라 만인에게 유용한 삶의 방식을 취해야 하며, 두 번째는 누군가가 나의 잘못된 행동에 이의를 제기하고 바른 길을 가도록 설득할 때는 언제라도 상대방의 입장을 따를 준비가 되어 있어야 한다. 그러나 단지 타인의 생각이 내게 이득을 준다거나 명예롭다는 이유로 나의 입장을 버리지 말고, 설득하는 사람의 입장이 정의롭고, 만인에게 유익하다는 확신이 들었을 때 이를 따라야 한다.

13 스스로를 이성적이라고 생각하는가? 그렇다면 왜 그 이성을 따

르지 않는가? 이성이 제 역할을 한다면 더 이상 무얼 바라겠는가?

14 인간은 하나의 부분으로 존재한다. 이후 자신을 생성해낸 전체 속으로 사라져 없어지거나, 또는 자신을 변화시킴으로써 모든 것이 생성된 근원인 로고스로 복원되는 것이다.

15 같은 제단 위에서 타는 유향乳香이라도 어떤 것은 빨리 타서 없어지고, 어떤 것은 천천히 타서 사라진다. 어느 쪽이든 타서 없어지는 것은 마찬가지다.

16 잠시 원칙에 어긋나는 행동을 했을지라도 원래의 원칙을 준수하고 이성적으로 행동한다면 너를 원숭이나 금수 같이 취급하던 사람들도 열흘이 못 되어 신과 같은 존재로 대접할 것이다.

17 몇만 년을 살 것처럼 행동하지 마라. 죽음의 그림자가 늘 우리를 따라다닌다. 살아있는 동안, 미약하게라도 힘이 남아있는 동안 선하게 살도록 하라.

18 주변 사람들이 무슨 말을 하고, 무슨 행동을 하며, 무슨 생각을 하는지 관심을 갖는 대신 자신이 해야 할 일이 무엇이며, 자신의 행동이 공정하고 올바른지 살펴보라. 그러면 수많은 골칫거리를 피할 수 있다. 혹은 아가톤Agathon의 말처럼 부패한 타인의 모습에는 눈길도 주지 말고, 흔들림 없이 똑바로 나아가는 것도 원만한 삶을 사는 한 방법이다.

19 사후의 명성에 집착하는 사람들이 기억해야 할 것이 있다. 내가 죽은 뒤 나를 기억하는 사람들도 머지않아 곧 죽을 운명이라는 사실을. 그들의 뒤를 이을 사람들 역시 마찬가지다. 사람들 사이에 잠시 나에 대한 기억이 떠돌다가 결국은 소멸될 것이다. 행여 나를 기억하는 사람이 불멸의 존재들이라서 나에 대한 기억이 영원히 사라지지 않는다고 가정해보자. 그것이 무슨 소용이란 말인가.

살아생전에 명성을 떨친다는 것도 마찬가지다. 세인의 칭송이라는 것은 살아생전에 실질적으로 얼마간이라도 쓸모가 있을 때나 의미가 있다. 자연이 준 선물을 엉뚱하게 미래에 올 사람들의 평판에 내맡긴다는 것은 얼마나 부질없는 짓인가.

20 아름답다는 것은 그 자체가 완벽하기 때문에 칭송은 사족에 불과하다. 칭송을 받는다고 해도 그 대상은 좋든 나쁘든 그대로 존재한다. 이는 우리가 일상생활에서 마주치는 모든 아름다운 것들, 예컨대 자연의 창조물이나 예술품에도 그대로 귀결된다. 완벽한 아름다움을 지닌 것들에게 더 이상 어떤 설명이 필요하겠는가? 정의, 진리, 인류애 혹은 겸손과 같은 것에 요란한 사족이 필요할까? 칭송을 한다고 해서 더 나아지고 비난한다고 해서 더 나빠질 수 있단 말인가? 에메랄드에 찬사를 보내지 않는다고 해서 원래의 가치를 잃는 것은 아니다. 금이나 상아, 자수정, 칠현금, 단도, 잡목 등도 마찬가지다.

21 만약 인간의 영혼이 소멸되지 않고 영속한다면, 영겁의 세월이 지나는 동안 켜켜이 쌓인 그 많은 영혼을 대기가 무슨 수로 품는단 말인가? 먼 태곳적부터 매장된 수없이 많은 시신을 무슨 수로 지구가 감당해낸단 말인가. 인간의 사체는 어느 정도 세월이 지나면 형태가 변화되었다가 끝내 분해됨으로써 다른 육신을 위해 자리를 내어준다. 영혼 역시 얼마간 대기 중에 맴돌다 해체되어 자연의 거센 불길 속으로 산화하여 만물의 근원인 로고스로 사라짐으로써 육신을 떠난 새로운 영혼에게 자리를 내준다.

이는 영혼이 영원히 존재할 것이라고 믿는 사람들에게 줄 수 있는 대답이다. 게다가 우리는 지금까지 매장된 인간의 육신뿐 아니라, 짐승들이 매일 소비하는 동물의 숫자도 헤아려보아야 한다. 얼마나 많은 짐승이 죽은 짐승의 몸 속에 퇴적되었겠는가. 우리가 머무르는 이 지상은 이러한 육신들을 살과 피로, 또는 불길이나 대기와 같은 것으로 변화시킴으로써 넉넉한 공간을 확보하고 있다. 이러한 진리를 어떤 방법으로 탐구해야 하는가? 이는 물리적 실체와 형체의 원인을 분석함으로써 실증된다.

22 이리저리 중심을 잃고 헤매지 말고, 늘 정의롭게 행동하며, 현실을 있는 그대로 직시할 수 있어야 한다.

23 세상만물은 조화롭기 그지없고, 나 역시 조화롭기 그지없도다. 세상만물은 제각기 그 때를 알고 있으니, 나 역시 이르지도 늦은 것이 없어라. 열매는 때가 무르익어야 그 맛이 달다.
세상 모든 것의 근원이며, 우리를 있게 했고, 다시 돌아갈 곳을 마련해준 것은 자연이다. 어느 시인은 아테네의 도시를 찬양했으나 우리는 신이 빚은 이 지상을 찬양하리!

24 어느 철학자가 말하길, "하는 일이 적어야 마음의 평온을 얻을 수 있다."고 했다. 하지만 이보다 더 눈에 띄는 구절은 "사회적 동물로서 이성에 부합하는 일에 열중하는 것"이다. 이럴 경우 단순한 생활을 함으로써 오는 편안함과 맡은 일을 완성도 높게 해냈다는 성취감에서 오는 만족감을 동시에 얻을 수 있다. 우리는 평소 얼마나 불필요한 말과 행동을 하고 살아가는가. 이런 불필요한 것들을 떨쳐버리면 마음의 여유도 생기고 고뇌도 줄어든다. 따라서 매사에 "이것은 행해야 할 일인가?"라고 자문해보자. 우리는 불필요한 행동은 물론 불필요한 생각도 멀리해야 한다. 불필요한 생각을 버리면 거기에 따르는 불필요한 행동도 피할 수 있다.

25 한평생을 선하게 살다 떠날 수 있는 사람은 어떤 사람일까? 자신에게 주어진 운명에 만족하고, 언제나 정의롭고, 자비를 베푸는 삶을 사는 사람이 아닐까?

26 매사에 양면을 보는 버릇을 기르라. 그러면 혼란에 빠지지 않고 단순하게 살아갈 수 있을 것이다. 그가 잘못을 저질렀는가? 그렇다면 그 죄는 그의 몫이다. 내게 어떤 일이 일어났는가? 그것

은 태초부터 자연의 섭리에 따라 내 몫으로 예정되어 있었던 것
이다. 인생은 짧다. 그러니 이성적이고 정의로우며 매순간 값지
고 알차게 보내야 한다. 여유를 갖고 늘 깨어 있어라.

27 질서 정연하든 뒤죽박죽 무질서하든 어쨌든 간에 세상은 존재
한다. 나의 내면은 안정되고 질서 정연한데 바깥세상이 혼란스
럽고 무질서하다 하여 내가 혼란스러워할 이유가 있을까? 세상
을 구성하는 모든 개체는 서로 멀리 떨어져 있는 것처럼 보여도
알고 보면 일체감으로 긴밀하게 결속되어 있다.

28 음흉하고, 편협하고, 독단적이며, 무뢰하고, 유치하며, 무식하
고, 기만적이고, 위선적인 폭군. 네가 그런 사람이 아니길…….

29 지상에 무엇이 있는지, 지상에서 무슨 일이 벌어지는지 모르는
자는 이방인이다. 사회적 동물로서 자신의 임무를 게을리 하는
자는 도피자다. 마음의 문을 닫고 사는 자는 눈먼 자다. 살아가
는 데 필요한 것을 제 스스로 해결하려 하지 않고 남의 힘을 빌
리는 자는 가난한 자다.
모든 사람은 자연에서 비롯되어 존재하며 우리에게 주어진 삶

역시 자연이 마련한 것이다. 그럼에도 자신의 임무를 행하기를 거부하려는 자, 예컨대 인간의 보편적 이성에서 이탈하려는 자는 지상의 종기 같은 존재다. 모든 이성적 존재를 묶어주는 정신은 하나다. 여기에서 떨어져 나가려는 자는 불온하다.

30 어느 철학자는 변변한 옷가지 하나가 없었고, 어느 철학자는 책한 권이 없었다. 이때 헐벗은 또 한 명의 철학자가 말했다. "나는 먹을 것이 없지만 이성에 따라 산다오." 나 역시 학식이 높지는 않으나 이성에 따라 산다.

31 배운 재주가 있으면 그것이 아무리 보잘것없다 해도 거기에 전념하며 만족을 얻을 일이다. 살아가는 동안 모든 것을 신의 뜻에 맡기고, 그 누구의 노예도, 그 누구의 주인 노릇도 하려 들지 마라.

32 베스파시아누스 황제 시절로 거슬러 올라가 보자. 그때도 사람들은 결혼을 하고, 자식을 낳아 기르고, 병이 들어 죽고, 잔치를 벌이고, 물건을 실어 나르고, 땅을 경작하고, 시기하고, 질투하고, 아첨하고, 고집을 부리고 오만한 행동을 하고, 의심하고, 음

모를 꾸미고, 누군가가 죽기를 바라고, 현실을 탓하고, 사랑하고, 재물을 쌓고, 명예와 권력을 탐했다. 그런데 지금 그들은 모두 죽어 망자가 되었다. 이번에는 트라야누스 황제 시절로 돌아가 보자. 그때도 모두가 다사다난한 삶을 산 것은 마찬가지다. 그리고 그 당시의 사람들도 모두 죽어 망자가 되었다. 같은 식으로 다른 시대, 다른 나라에서 살다 간 사람들을 생각해보자. 얼마나 많은 사람이 짧은 인생을 가련할 정도로 바동거리며 살다가 순식간에 먼지로 사라져버렸는가.

멀리 볼 것도 없이 내 주변을 둘러보라. 얼마나 많은 사람이 자신의 타고난 소명을 완수하는 것에 만족하지 못하고 허황된 것들을 쫓아 바동거리며 살아가고 있는지를. 여기서 우리가 보고 기억해야 할 것이 있다. 모든 것의 가치와 비중은 우리가 얼마나 관심을 갖고 정성을 쏟는가에 달려 있다는 사실이다. 그러니 허황된 일에 집착하지 않는다면 낙담할 일도 없으므로 만족을 얻을 것이다.

33 과거에 자주 회자되었던 말이 현세에는 빛을 잃어버리고, 과거에 명성을 떨쳤던 사람들이 지금은 옛사람이 되고 말았다. 이처럼 세상 모든 것은 순식간에 사라져 한갓 옛이야기가 되거나 망

각 속에 묻혀버린다. 이는 그나마 화려한 명성을 누렸던 사람들의 이야기다. 그러니 보통 사람들의 일은 숨이 끊어지기가 무섭게 잊혀지고, 잠시 후에는 그 누구도 그 사람의 일을 입에 올리지도 않는다. 그렇다면 영원히 기억된다는 것은 무얼 의미할까? 그저 아무것도 아니다. 그렇다면 우리가 모진 고통을 감내하고서라도 추구하고 기억해야 할 것은 무엇일까? 생각은 정의롭게, 행동은 친절하게, 말은 정직하게 해야 하며, 자신에게 일어나는 모든 일은 만물이 발원한 근원에서 생겨나는 것이므로 이 모든 것을 필연으로 받아들여야 한다는 것이다.

34 운명을 관장하는 여신 클로토에게 자신을 맡겨라. 그리고 운명의 여신으로 하여금 씨실과 날실을 이용하여 나의 운명을 원하는 대로 직조하게 하라.

35 기억하는 자든 기억되는 자든, 결국은 덧없는 하루살이 인생일 뿐이다.

36 알고 보면 우주 만물은 변화를 통해 끊임없이 새로운 것을 생성해낸다는 사실을 알 수 있다. 자연은 원래 있던 것을 변화시키

고, 거기서 새로운 것을 만들어내는 데서 큰 기쁨을 얻는다. 그런 면에서 존재하는 모든 것은 하나의 씨앗이다. 씨앗 속에는 장차 세상을 변화시킬 새로운 그 무엇이 태동하고 있다. 그런데 많은 사람들은 땅이나 자궁 속에 심어진 것만이 씨앗이라고 생각한다.

37 인생이 유한함에도 우리는 늘 마음이 혼란스럽고, 온갖 상념에 빠져 있으며, 누군가로부터 받은 상처에 끙끙대고, 주변 사람들에게 자비를 베풀지 못하고, 올바르게 행동하는 것이 지혜임을 깨닫지 못하고 있다.

38 주변 사람들이 어떤 원칙을 갖고 행동하는지 살펴보라. 현명한 사람들은 어떤 것을 피하고 어떤 것을 추구하는지 잘 살펴보라.

39 내가 경험하는 악운의 실체는 무엇인가? 그것은 다른 사람의 의도에 의해서도, 내 육신의 변화, 또는 변형에 의해서 일어나는 것이 아니다. 그러면 내가 경험하는 악운은 어디에서 오는 걸까? 그것은 나의 내면, 즉 악운에 대한 내 관념을 형성하는 것에서 온다. 그러니 나의 내면에 나쁘다는 생각이 형성되지 않도록

하면 모든 것이 안정된다. 나의 내면을 가장 가까운 곳에서 둘러 싸고 있는 육신이 화상을 입거나, 질병에 따른 고통으로 신음하 거나, 썩어가더라도 나쁘다는 관념을 형성하는 내면적 파워에 흔들리지 말아야 한다. 선인이든 악인이든 가리지 않고 누구에 게나 공평하게 일어나는 악운이라면 그 어느 것도 나쁘다거나 좋다고 할 것이 없다고 각인시켜라. 하늘의 뜻에 따라 사는 사람 에게나 하늘의 뜻에 거역하며 사는 사람에게나 공평하게 일어 나는 일이라면 하늘의 뜻도 아니고 하늘의 뜻에 반하는 것도 아 니다.

40   우주는 하나의 실체와 하나의 영혼을 가진 단일한 생명체임을 끊임없이 상기하라. 우주 만물은 이 단일한 존재의 섭리에 복종 하며, 이 단일한 맥박에 따라 움직인다. 모든 우주 만물은 서로 가 서로의 생성을 돕는다. 이 모든 것은 거대한 피륙을 직조하는 일에 끊임없이 참여하고 있는 씨실과 날실과 같다.

41   에픽테토스가 말했듯이, 인간은 시신을 짊어지고 가는 하나의 가련한 영혼일 뿐이다.

42 변한다는 것이 반드시 나쁜 것은 아니다. 마찬가지로 변했다고 해서 반드시 좋은 것도 아니다.

43 세월은 이런저런 일들이 함께 모여 흘러가는 거센 강줄기와도 같다. 무슨 일이 일어났는가 하면 어느새 세월이 실어가 버리고, 그 뒤에 또 다른 일이 찾아오지만, 이 또한 일순간에 흘러가 버리고 만다.

44 살아가면서 겪게 되는 크고 작은 일은 봄이 되면 장미가 피고, 여름이 되면 열매가 맺히는 것처럼 단순하고도 뻔한 일이다. 질병, 죽음, 중상, 비방 그리고 그 외에 어리석은 이들을 기쁘게 하거나 괴롭히는 일체의 일들도 뻔한 일이긴 마찬가지다.

45 세상사는 앞뒤가 서로 맞물려 유기적으로 연결되어 돌아가는 톱니바퀴와 같다. 이는 별개의 파편들이 주먹구구식으로 날아와 한데 엮여 있는 것이 아니라, 전체를 구성하고 있는 각각의 부분이 서로 유기적으로 긴밀하게 연결되어 맞물려 돌아간다는 의미다. 따라서 새롭게 생성되는 모든 것은 단순한 결과물이 아니라 옛것과 뜻밖의 유기적 관계를 맺고 있다.

46 헤라클레이토스의 말을 늘 명심하라. 그는 "땅은 죽어 물이 되고, 물은 죽어 공기가 되며, 공기는 죽어 바람이 된다. 그리고 또다시 이러한 역순환이 되풀이된다."고 했다. 그가 말했던 "목적지를 잃고 길을 가는 나그네"라는 말을 마음속 깊이 되새겨라. 또한 인간은 끊임없이 자신과 교류하는 존재라는 것, 즉 세상 만물을 꿰뚫고 있는 이성과 마찰을 빚고 있다는 사실을 기억하고, 늘 일상적으로 대하는 것들이 낯설 때가 있다는 사실을 생각하라. 수면 중에 일어나 말을 하거나 행동하는 몽유병자처럼 지각 없는 언행을 해서는 안 된다. 또한 마치 부모의 행동거지를 똑같이 모방하는 어린애처럼 분별없이 행동하지도 말라.

47 신이, "너는 내일이나 모레 죽을 것이다."라고 말하더라도 거기에 연연해하지 마라. 비굴한 겁쟁이가 아니라면 거기서 대단한 차이를 느끼지 못할 것이다. 마찬가지로 헤아릴 수 없을 만큼 긴긴 세월을 살다 죽든, 내일 당장 죽든 시기가 중요한 것은 아니라는 사실을 기억하라.

48 지금은 죽어 이미 망자가 되었지만 과거에 환자들을 돌보며 미간을 찌푸렸던 의사들을 생각해보라. 그들처럼 다른 사람의 액

운을 침통한 얼굴로 점쳐주며 살다 간 점술인은 또 얼마나 많으며, 죽음이며 영생과 관련해 끝없는 논쟁을 벌이다 죽은 철학자며, 수천 명을 죽인 뒤 죽음을 맞은 전쟁 영웅들, 마치 영원히 살 것처럼 오만하게 군림하다가 죽음을 맞이한 폭군들은 또 얼마나 많은가! 헬리케, 폼페이, 헤르쿨라네움처럼 전멸한 도시는 또 얼마나 많은가. 그리고 세상을 떠나간 내가 알았던 사람들을 한 명 한 명 떠올려보자. 한 사람이 죽어 땅에 묻히는가 하면, 이내 또 다른 사람이 죽어갔다. 이 모든 것들이 길지 않은 시간에 일어났다. 결국 인간이란 허망하게 살다 죽는 덧없는 존재들이다. 어제는 정자精子에 불과했던 것이 내일이면 미라나 먼지로 사라지고 만다. 그러니 이 세상에서 매 순간 질주하는 동안 하늘의 뜻을 받들며 후회 없는 삶의 여정을 마쳐야 한다. 마치 자신을 잉태한 대지를 축복하고, 자신을 열매 맺게 해준 나무에 감사한 뒤 다시 대지에 떨어지는 잘 익은 올리브처럼 말이다.

49 바닷가 절벽을 닮자. 바닷가 절벽은 파도가 끊임없이 밀려와 부딪치고 부서져도 전혀 동요하지 않는다. 성난 바다가 잠잠해질 때까지 꿋꿋이 그 자리에 서 있다.

'이런 일을 당하다니 참으로 불행하다.'라는 생각을 떨쳐버리자.

'이런 일을 당하긴 했지만 그 일은 가슴에 사무치게 통탄할 일도 아니었고, 나를 나락에 떨어뜨리지도 못했고, 내가 장래를 두려워하게 하지도 못했으니 이 얼마나 다행한 일인가.'라고 위안하자. 그러나 대부분의 사람들은 이처럼 고난을 가뿐하게 뛰어넘지 못한다. 그렇다면 사람들은 자신에게 일어난 고난에서 왜 긍정적인 면을 찾지 못하고 '불행'이라는 늪에 빠져드는가? 인간의 본성을 훼손하지 않는 것을 과연 불행이라고 볼 수 있을까? 자신에게 일어난 일이 자연의 이치에 반하는 것이 아닌데도 본성을 해쳤다고 할 수 있을까? 나는 자연의 의도를 잘 알고 있다. 그런데 그 일이 정의, 관용, 겸양, 겸손, 신중, 자유 등 인간으로서의 도리를 다하지 못하도록 방해했는가. 그것이 아니라면 어떤 곤경을 당했다고 해도 다음의 원칙을 항상 기억하자. 그 일을 불행이라고 생각하는 대신 그 일을 의연하게 견뎌낼 수 있는 능력이 내게 있으니 다행이라고 말이다.

50 무정하긴 하지만 죽음에 대한 두려움을 이겨내는 데 도움이 되는 방법이 있다. 삶에 집착하다가 이승을 떠난 사람들을 생각해 보라. 오래 머물고 싶어 바동거렸지만 끝내 죽음을 맞이할 수밖에 없었던 사람들이 자신보다 먼저 세상을 떠난 사람들보다 무

엇을 더 얻었는가? 결국은 너나없이 언젠가는 흙 속에 묻히고 만다. 카디키아누스Cadicianus, 파비우스Fabius, 율리아누스Julianus, 레피두스Lepidus를 비롯한 쟁쟁한 전사들이 수많은 적을 죽여 땅에 묻히게 했지만, 그들 역시 결국은 무덤 속에 묻히고 말았다. 태어나서 죽음에 이르기까지의 짧은 일생을 사는 동안 나약한 육신으로 온갖 부류의 사람들과 어울리며 얼마나 힘겨운 시간을 보냈는지 생각해보라. 그러니 인생을 대단한 가치를 지닌 것인 양 생각할 것도 없다. 내가 이 세상에 오기 전과 내가 이 세상을 떠난 난 후의 그 방대한 시간을 생각해보라. 이 광막한 우주 속에서 삼 일을 살다 간 사람이나 삼십 년을 살다 간 사람이나 무슨 차이가 난단 말인가.

51 　언제나 가장 빠른 길을 택하라. 가장 빠른 길을 택하는 것이 가장 자연스러운 일이다. 마찬가지로 모든 언행은 늘 올바른 이성과 부합하도록 하라. 이를 목표로 살아간다면 고뇌, 분쟁 그리고 그 외 모든 허세와 위선으로부터 해방될 수 있다.

Meditations : Marcus Aurelius

5

1 아침에 잠자리에서 일어나는 것이 힘겨울 때는 이렇게 생각해
보라. "나는 지금 한 인간으로서 해야 할 일을 하러 나가야 한
다. 이 일은 내가 이 세상에 존재하는 이유인데, 여기에 무슨 불
평이 있을 수 있는가? 내가 단지 포근한 이불 아래 뒹굴기 위해
이 세상에 존재한단 말인가?" 이불 속이 포근하고 좋은 것은 사
실이지만 나는 세상 밖에서 일을 하며 다양한 경험을 쌓기 위
해 인간으로 태어난 것이지, 안락함을 누리기 위해 태어난 것
은 아니다. 식물이며 새, 거미, 꿀벌을 보라! 이들뿐 아니라 한
갓 나무며 미물들조차 세상의 질서를 지키려고 애쓰는데, 하물
며 인간으로 태어난 내가 주어진 임무를 귀찮아한다는 것이 말
이 되는가.

물론 우리 인간에게도 휴식은 필요하다. 하지만 휴식을 취하는 것도 정도껏 해야 한다. 먹고 마시는 일도 마찬가지다. 그런데 먹고 마시고 쉬는 일에 탐닉하여 정작 해야 할 임무를 소홀히 하는 사람이 있다. 이는 자기 자신을 사랑하지 않아서 그렇다. 자신의 타고난 자질과 하늘의 뜻을 사랑한다면, 자신이 해야 할 일을 소홀히 하지 않을 것이다. 일이 좋아서 완전히 몰입하게 되면 씻는 것도, 먹는 것도 잊기 일쑤다. 그렇다면 이렇게 자문해보라. 조각가며 무용가, 돈을 모으는 데 혈안이 된 구두쇠, 혹은 헛된 영예를 위해 억척스럽게 일하는 사람들에 비해 내가 가진 재능을 보잘것없다고 생각하는가? 일에 미쳐 있는 사람들은 자기가 하는 일에 광적으로 애착을 가진 나머지 먹는 것도, 자는 것도 잊어버리고 완전히 몰입해 있다. 그런데 무수한 사람들에게 도움을 주는 나의 직업이 하찮다는 생각에 아무 노력도 하지 않는 건 잘못된 게 아닌가?

2 짜증 나는 일이나 정신을 산만하게 하는 모든 생각을 쓸어내 버리면 즉시 절대적인 마음의 평정을 얻을 수 있다. 이는 삼척동자라도 할 수 있을 정도로 쉬운 일이다.

3   인간은 자연의 순리에 부합하는 언행을 할 때 가장 인간답다. 그
     러므로 주변 사람들의 비난이나 원성에 너무 흔들리지 마라. 선
     한 언행은 나에게 이롭다. 대부분의 사람들은 나름의 원칙을 갖
     고 행동하나 때로는 충동적이다. 이런 사실을 명심한다면 주변
     사람들에게 지나치게 휘둘리는 일 없이 곧바로 나아갈 수 있다.
     늘 자신의 본성과 자연의 순리에 따라 똑바로 걸어가라. 나의 본
     성과 자연의 순리는 하나다.

4   일생을 살다가 쓰러져 죽는 그날까지 나는 자연에 순응하며 살
     아가리라. 내가 매일 들이마신 이 대기 속에 마지막 숨을 내뱉은
     뒤 아버지가 주신 살과 어머니가 주신 피와 유모가 준 젖의 근원
     인 이 대지 위에 쓰러지리라. 평생에 걸쳐 나에게 먹을 것과 마
     실 것을 준 대지! 내가 수많은 이기적인 목적을 위해 짓밟고 해
     쳤지만 그럼에도 불구하고 대지는 나를 품어줄 것이다.

5   나는 재치 넘치는 재담꾼으로 타고나지는 못했다. 그야 아무래
     도 좋다. 하지만 "나는 그렇게 타고나지 못했노라."고 '변명할
     수 없는 것'들이 많다. 예컨대 성실성, 근면성, 자제력, 작은 것
     에 만족하는 마음, 자비로움, 솔직함, 진실성, 사소한 것에 연연

하지 않는 자세 등등은 천성적으로 타고나지 않았더라도 마음을 다해 내 것으로 만들 수 있다. 가능하면 이러한 덕목을 온전히 내 것으로 만들어라. 이러한 요소는 천성적으로 타고나지 않았다 하더라도 마음만 먹는다면 얼마든지 갖출 수 있는 덕목들이므로, "나와는 먼 일이야." 하고 변명해서는 안 된다. 그럼에도 불구하고 나는 정성을 다하지 못해 늘 모자람이 있는 것이다. 혹시 나는 투덜거리고, 불평하고, 안절부절못하는 이런 결함투성이의 천성을 타고난 게 아닐까? 아니, 모든 것을 못난 육신 탓으로 돌리고, 다른 사람에게 아첨이나 하려 들고, 잘난 척하고 싶어 하고, 늘 불안해하고 초조해하는 이런 결점투성이의 인간으로 타고난 건 아닐까? 절대 그렇지 않다. 이러한 잘못된 버릇은 이미 오래전에 떨쳐버릴 수 있었던 것들이다. 다만 행동이 굼뜨고, 이해력이 부족한 사람으로 태어났을 수는 있다. 그렇다면 자신의 타고난 아둔함을 무시하거나 자랑으로 여길 것이 아니라 노력으로 극복해야 한다.

6 남에게 호의를 베푼 뒤 반드시 거기에 합당한 보답을 받아야 한다고 생각하는 사람이 있다. 어떤 사람은 보답까지는 바라지 않지만 마음속으로 늘 자신이 베푼 호의를 마치 돌려받아야 할 빚

이라도 있는 것처럼 생각한다. 그러나 어떤 사람은 자기가 한 일을 의식조차 하지 않는다. 이런 부류의 사람들은 포도를 주렁주렁 매단 포도덩굴처럼 노력한 것에 따른 결실 외에는 아무것도 바라지 않는다. 마치 주인을 싣고 질주하는 말이나 사냥을 마친 개, 혹은 꿀을 모으는 꿀벌과 같이 애써 노력해 결실을 거두었다 할지라도 전혀 생색을 내지 않고 또다시 새로운 일을 하기 시작한다. 마치 철이 되면 포도를 생산해내는 포도덩굴처럼.

그렇다면 우리가 좀 더 인간다워지기 위해서는 아무런 대가 없이 자신의 임무를 완수해야 하지 않을까? 맞는 말이다. 혹자는 "누구나 타인의 행동을 눈여겨본다. 그리고 나의 행동을 사회의 또 다른 일원이 봐주기를 바란다. 이는 사회적 동물인 인간의 특성이다."라고 항변할지 모른다. 이 역시 맞는 말이긴 하지만, 이는 내가 하는 말의 진정한 의미를 제대로 이해하지 못했다고 볼 수 있다. 이러한 생각을 하는 사람들 역시 내가 앞에서 말한 부류의 사람들(반드시 보답을 받아야 한다고 생각하는 부류)과 다를 게 없다. 그 사람들 또한 같은 논리를 두고 이를 잘못 이해했기 때문에 그 같은 말을 하게 된 것이다. 하지만 내가 한 말의 의미를 제대로 이해한다면, 사회적 동물로서의 인간의 특징을 무시해버린다고 해서 두려워할 이유는 없다.

7 아테네 사람들은 "제우스여, 비를 내려주소서! 아테네의 경작지 와 초원에 비를 내려주소서!" 하고 기도했다. 이처럼 소박하고 도 진솔함이 담긴 기도가 아니라면 아예 기도하지 말아야 한다.

8 의술과 치료의 신 아스클레피오스Asklepios는 어떤 사람에게는 승 마를 하라고 처방을 내리고, 어떤 사람에게는 냉수욕을, 어떤 사람에게는 맨발로 걷는 것이 좋다고 처방했다. 이와 마찬가지 로 우리도 만약 어떤 질병을 앓고 있음이 판명되었거나 사지가 절단되는 사고를 당하게 되었을 경우, "하늘이 처방해준 것"이 라고 받아들이는 것이 좋다. 왜냐하면 처방이란 건강을 회복하 도록 누군가가 지시를 내리는 것이기 때문이다. 그리고 한 개인 에게 일어나는 일은 그 사람의 운명에 이미 예정되어 있었던 것 이다.

피라미드를 만들기 위해 반듯한 돌을 쌓는 건축가들을 예로 들 어보자. 이들 건축가들은 각각의 돌을 제자리에 반듯하게 맞추 어 쌓는 과정을 통해 조화로운 조형물을 만들어낸다. 세상 만물 역시 개개의 생명체들이 모여 거대한 세상이 되고, 우리가 경험 했던 갖가지 일들도 보이지 않는 원인에 따른 결과물이다. 나의 말을 전혀 이해하지 못하는 무지한 사람일지라도, "운명은 피할 수 없는 것이었다."는 말은 할 줄 안다. 이 말의 의미는 아스클레피오스의 처방을 받은 사람과 마찬가지로 그들에게 운명은 피할 수 없는 것이었다. 물론 그가 내린 처방이 마음에 들지 않을 수도 있었겠지만, 건강을 위해서는 받아들여야 한다. 건강과 같은 보편적 현실에 비추어 선이라고 판단되는 것은 기쁘게 받아들여야 한다. 제우스 (혹은 세상)의 풍요와 번영을 위해! 왜냐하면 신은 인류에 득이 되지 않는 것은 그 무엇도 가져다주지 않기 때문이다. 만물을 다스리는 자연 또한 세상 만물에게 적합한 것이 아니면 그 무엇도 용납하지 않을 것이다.

다음 두 가지 이유에서 나에게 일어나는 일에 불만을 품지 말아야 한다. 첫 번째는 그것이 나에게 일어났으며, 나를 위해 처방되었기 때문이다. 즉, 그것은 태곳적부터 존재한 근원이 짜낸 하나의 직물이다. 두 번째는 개개인에게 일어나는 일은 보다 풍요롭고 완벽한 세상을 만들기 위한 파워에서 나오는 것이다. 이 파워가 없다면 존재의 지속성은 사라진다. 부분과 그 부분의 근원을 결속시키는 연결고리가 하나라도 빠져버리면 완벽한 형체를 유지하기 힘들다. 그러므로 내게 일어나는 일이 아무리 불만스럽더라도 기꺼이 받아들여야 한다.

9   세상일이 원리 원칙에 입각해서 행해지지 않는다고 해서 좌절
    하거나 불평하지 말라. 만약 실패했다면 처음으로 다시 되돌아
    가라. 그 과정에서 자신이 인간다운 행동을 했다면 그것에서 만
    족을 얻고, 자신이 도전했다는 사실 그 자체를 자랑스럽게 여기
    도록 하라. 그러나 철학을 마치 나 자신의 주인처럼 떠받들지는
    말고 눈병이 났을 때 바르는 안약이나 이물질이 들어간 눈을 씻
    어주는 물처럼 사용하라. 이성적인 행동을 했다고 과시하려 들
    지 말고, 이성 안에서 평정을 찾도록 하라. 철학이란 본시 인간
    의 본성이 갈구하는 것을 추구한다는 사실을 기억하라.

    그러나 때로는 인간 본성에 위배되는 행위를 할 수도 있다. "내
    가 지금 하는 일보다 더 즐거운 일이 있지 않을까?" 하는 생각에
    빠져서 말이다. 바로 이런 생각 때문에 우리가 쾌락의 덫에 빠지
    는 것이다. 우리에게 존엄성, 자유, 소박함, 평정, 의리……. 이
    런 것들보다 더 고요한 기쁨을 주는 것이 있는지 생각해보라. 지
    식이며 논리만큼 명쾌한 기분으로 이끄는 것이 있는가? 이러한
    사실을 살펴볼 때 지혜롭다는 것보다 더 가치 있는 것은 없다.

10 너무나 많은 진리가 불가사의한 베일에 가려 있어서 수많은 철
    학자들이 이를 밝혀내는 데 어려움을 겪어왔다. 스토익 학자들

조차 이 문제로 어려움을 겪었다. 따라서 어느 누구도 실수와 변화로부터 자유로울 수 없는 까닭에, 우리가 아무리 분별력 있는 판단을 내린다 하더라도 그것이 언제 바뀔지 알 수 없는 것이다.

이번에는 내가 소유한 것들을 살펴보자. 이 모든 것들이 얼마나 무의미하고 부질없는 것들인가. 더러운 변태나 창녀, 도둑들에게나 어울리는 것이 아닌가.

이번에는 주변 사람들의 도덕성을 살펴보자. 고매한 성품을 지녔다고 소문이 자자한 사람들 가운데서도 견뎌내기 힘든 개성을 지닌 사람이 있고, 스스로를 견딜 수 없어 하는 사람도 있음을 알라.

그렇다면 이 깊이를 알 수 없는 캄캄한 어둠을 헤매는 것과 같은 모호함, 물질의 변화와 함께 뒤섞여 끊임없이 흘러가는 혼탁한 시간의 흐름 속에서 내 수고가 아깝지 않을 만큼 가치 있는 것이 무엇인지 생각해보자. 우리가 지켜야 할 의무는 모든 것이 자연스럽게 해결되기를 차분히 기다리는 것이며, 이처럼 기다리는 가운데 내가 원하는 것이 지체된다고 해서 안절부절못하기보다 두 가지 믿음에 의지하여 위안을 구하라. 이 두 가지 믿음 중 첫째는 자연의 순리에 어긋나는 일은 절대 나에게 일어나지 않을 것이라는 믿음이다. 둘째는 내가 섬기는 신과 우주의 법칙에 반하는 행동을 하지 않을 파워가 나의 내면에 내재되어 있다는 믿음이다. 왜냐하면 그 누구도 나를 신과 우주의 법칙에 반하는 행동을 하도록 강요할 수 없기 때문이다.

11 "내가 지금 마음에 품고 있는 것이 무엇인가?" 스스로에게 자주 이러한 질문을 던지고, 나를 이끄는 정신 속에 무엇이 깃들어 있는지 살펴보라. 또한 내 마음속에 자리 잡고 있는 것의 실체가 무엇인지 직시하도록 하라. 어린이의 마음인가, 젊은이의 마음인가, 연약한 부녀자의 마음인가, 폭군의 마음인가, 집에서 기르는 집짐승의 마음인가, 아니면 들판을 누비는 야수의 마음인가?

12 사람들이 보편적으로 무엇이 '값진 것'이라고 생각하는지 안다면 중요한 사실을 배울 수 있다. 왜냐하면 값진 것이 신중함, 자제력, 정의, 용기 등을 아우르는 말이라고 생각하는 사람이라면, 어느 옛 광대가 말한 "값진 것을 너무 많이 쌓아두다 보니……."라고 한 농담을 이해하지 못할 것이므로 그런 농담은 통하지도 않는다. 하지만 '값진 것'에 대해 보통 범인들과 같은 생각을 가진 사람이라면 '좋은 것들을 너무 많이 쌓아두다 보니…….'로 시작하는 광대의 농담을 금방 이해할 것이다. 여기서

말하는 값진 것들이란 값비싼 물건을 지칭하기 때문이다.

대부분의 사람들은 '값진 것'의 의미가 어떤 경우에 '덕목'을 지칭하고, 어떤 경우에 '좋은 물건'을 지칭하는지 금방 알아차린다. 이를 구분하지 못할 경우 이 광대가 농담에서 칭하는 '값진 것'이 덕목을 지칭하는 것이 아니라는 사실을 인식하지 못할 것이다. 사람들은 그것이 부귀와 사치를 상징하는 '좋은 물건들'이라는 의미로 쓰였음을 알아차렸기 때문에 그것이 농담이라는 사실을 이해한다. 이제 우리 자신에게 물어보자. 과연 '값진 것들을 너무 많이 쌓아두다 보니 똥 눌 자리도 없다.'고 한 이 광대의 우스갯소리가 의미하는 그 값진 것들을 우리가 진정 값진 것으로 여겨야 할 가치가 있는 걸까?

13 나는 조형적 요소로 구성된 물질로 이루어져 있다. 나는 무에서 탄생한 것이 아니므로 사라져 없어지지 않는다. 따라서 나를 구성하는 요소들은 여러 변천 과정을 거쳐 언젠가 우주의 또 다른 일원으로 귀속될 것이다. 그 이후 이렇게 재구성된 요소들이 또 다른 무엇으로 변천하는 과정이 무한하게 반복될 것이다. 나 또한 이처럼 끝없이 되풀이되는 과정을 거쳐 존재하게 되었고, 나보다 앞서 태어난 나의 부모 역시 마찬가지다. 행여 우주의 진

화가 시간의 유한성에 얽매이게 된다고 하더라도 이러한 과정은 영원히 반복될 것이다.

14 이성과 이성적 행위, 즉 철학은 본질적으로 스스로를 충족시키는 파워를 지니고 있으므로, 그것이 작용하는 방식도 파워가 있다. 따라서 이성과 철학은 스스로의 힘으로 움직이는 추동력이 있으므로 정해진 목표를 향해 앞으로 나아간다. 그것이 나아갈 때는 옆으로 이탈하는 일이 없으므로 이런 종류의 움직임을 가리켜 '똑바로 나아간다'고 한다.

15 인간을 인간이게 하는 존재 조건 이외에는 그 어느 것도 갖추라고 강요할 수 없다. '그 외의 것'(비인간적인 것)은 인간의 본질에 적합하지 않으므로 그러한 요구를 할 수도 없으며, 그것이 결핍되었다고 해서 불완전한 것도 아니다. 그러므로 '그 외의 것'은 우리 삶의 지향점이 될 수도 없고, 궁극적인 삶의 목표에 도달하는 데 도움이 되지도 않는다.

만약 그 외의 것들 가운데 우리에게 적합함에도 불구하고 그것을 거부하거나 기피한다면 온당치 못한 일이다. 또한 그러한 것, 즉 적합한 것에 무관심한 사람을 우리는 존경하지 않는다.

본질적으로 선하고 좋은 것을 기피하는 것은 잘못된 일이기 때문이다. 그러나 현실적으로 우리가 그러한 것들을 거부하면 할수록, 혹은 비자의적으로 그러한 것들을 박탈당하면 당할수록 우리는 더욱 인내심을 갖고 상실을 견뎌내야 하며, 이는 궁극적으로 더 훌륭한 인간이 되기 위한 발판이다.

16 나의 습관적인 생각이 내 마음 상태를 결정짓는다. 나의 마음은 내가 품고 있는 생각의 색깔들로 채색되기 때문이다. 그러니 마음속에는 깊이 생각해 볼만한 가치 있는 것들로 채우도록 하자. 예를 들어 인간이 살만한 곳이라면 그곳이 어디든 우리는 살 수 있다. 그곳이 궁궐일 경우 얼마든지 궁궐 생활을 견뎌낼 수 있다. 그렇다면 이런 생각도 해보자. 우주 만물을 이루는 제각각의 개체들은 무엇을 위해 만들어졌을까? 그 대답이 바로 이들 개체들의 존재 이유이므로, 모든 개체는 자신의 존재 이유를 분명히 하기 위해 발전하도록 예정되어 있다. 그리고 그 최종 목표가 무엇인지 알게 되면 그 각각의 존재가 추구해야 할 선善이 무엇인지도 알 수 있다.

이성적 존재로서의 최고의 선은 '더불어 사는 것'이다. 이미 오래 전부터 인간 창조의 목적은 인류애로 정해졌다. 열등한 존재는 우월한 존재를 지지하고, 우월한 존재는 열등한 존재를 지지한다는 것은 너무나 자명한 논리가 아닌가. 이들 가운데 의식을 가진 존재는 의식을 갖지 못한 존재보다 우월하며, 의식을 가진 존재 중에서 이성을 가진 존재가 가장 우월하다.

17   불가능한 것을 바라는 것은 미친 짓이다. 못난 인간들이 그 미친 짓을 못하게 하는 것은 불가능한 일이다.

18   그 누구에게도 자신이 감당해낼 수 없는 일은 일어나지 않는다. 똑같은 일을 당해도 어떤 이는 마치 아무 일도 없었던 듯 상처 하나 입지 않고 건재하는 경우를 볼 수 있다. 이는 자신이 무슨 일을 당했는지 인식하지 못하기 때문이거나, 자신의 용맹함을 과시하려 하기 때문이다. 이처럼 지혜보다 무지와 허세의 힘이 더 크니 참으로 안타까울 뿐이다.

19   외부의 그 어떤 힘도 나의 내면에 영향을 끼칠 수 없다. 그 무엇도 나의 내면에 있는 영혼으로 진입할 수도, 다다를 수도 없고, 내 영혼을 움직일 수도, 바꿀 수도 없다. 내 영혼은 제 스스로 움직이며 변화한다. 내 눈앞의 현실을 인식하고 형편에 맞게, 적

절한 해석을 한 뒤 판단을 내린다.

20 우리와 가장 가까이에서 더불어 사는 존재는 이웃이다. 대부분
의 사람들은 이웃 간에 서로 선을 베풀고, 서로의 흉허물을 덮어
주는 끈끈한 관계로 결속되어 있다. 그러나 때로는 이들 이웃이
내 고유의 사적 업무를 방해할 수도 있기 때문에 인류애란 것은
뜨거운 태양이나 거친 바람, 혹은 들짐승처럼 나를 괴롭힐 수도
있다. 우리는 주변인 때문에 행동의 제약을 받기도 하지만, 그
것이 우리의 의지나 결의를 꺾지는 못한다. 왜냐하면 우리는 어
떤 조건하에서도 올바르게 행동할 수 있는 파워를 지니고 있기
때문이다. 인간의 정신은 스스로의 활동에 장애가 되는 모든 요
소를 자신의 목적에 맞게 변화시킨 뒤 그것의 도움으로 일어선
다. 그러므로 우리는 장애물 덕분에 삶의 탄력을 얻는 것이다.
내가 가는 길에 마주치는 갖가지 장애물들은 알게 모르게 나에
게 도움을 주는 셈이다.

21 세상에서 가장 위대한 것을 공경하라. 그것은 우주 만물을 다
스리며, 모든 우주 만물로 하여금 맡은 임무를 완수하게 한다.
마찬가지로 나의 내면에서 가장 위대한 것을 공경하라. 이 둘

은 하나다. 나를 다스리고, 나의 삶을 이끌어가는 것이 바로 이 것이다.

22 국익에 부합하는 것이면 개개의 국민에게도 이득이 된다. 만약 누군가가 나에게 해를 끼쳤다면 이렇게 생각하라. 이 일로 국가에 손실을 초래하지 않았다면 나 역시 해를 입은 것은 아니다. 설령 국가에 손실을 입힌 사람이 있다 하더라도 그에게 분노하는 대신 무엇이 그로 하여금 그런 잘못을 저지르게 했는지 살펴보도록 하라.

23 지금 현존해 있는 것이며, 새로이 만들어지는 많은 것들이 얼마나 빨리 사라져 가는지 유념하라. 존재라는 거대한 강줄기는 잠시도 멈추지 않고 흘러간다. 그 형체는 끊임없이 움직이며 변화하고, 변화의 원인은 셀 수 없이 다양하며 눈에 띄지도 않는다. 거기에는 무한한 과거의 심연과 무한한 미래의 심연이 가로놓여 있어 현재의 모든 것들은 깊이를 알 수 없는 심연 속으로 사라진다. 그럼에도 불구하고 우리는 마치 지금 이 순간의 고뇌가 영원히 지속될 것처럼 화를 내고, 분노하고, 짜증을 내고 있으니 얼마나 어리석은가.

24 이토록 광대한 세상에서 나라는 존재가 얼마나 미소하며, 영겁의 세월 속에 내게 주어진 시간은 또 얼마나 짧은가. 운명이라는 거스를 수 없는 힘 앞에서 나의 존재는 얼마나 미약한가.

25 누군가 내게 잘못을 저질렀을 경우를 생각해보자. 그가 내게 잘못을 저질렀다면 그것은 그의 문제지 내 문제가 아니다. 그 사람의 인품이며 행동은 내가 간여할 수 있는 부분이 아니다. 내가 가진 것은 자연이 내게 준 것뿐이다. 따라서 나는 나 자신의 본성과 의지에 따라 내가 할 일을 할 따름이다.

26 내 마음의 지배자며 지고지순한 영혼이 육신이 주는 고통과 쾌락으로 인해 흔들리지 않도록 하라. 쉴 새 없이 일어나는 감정의 회오리가 영혼을 침범하게 해서는 안 된다. 영혼과 육신의 감정 사이에 뚜렷한 경계선을 그어 육신의 감정이 영혼을 침범하는 걸 차단하라. 그러나 영혼과 육신이 한 몸속에 거하고 있어, 어쩔 수 없이 감정의 격랑에 흔들릴 때는 그대로 두어라. 감정이 일어나는 것은 자연스러운 현상이다. 다만 영혼으로 하여금 그것이 '좋은 것'인지, '나쁜 것'인지 심판하게 하라.

27 늘 신과 더불어 살도록 하라. 신과 더불어 산다는 것은 무엇인가. 그것은 신이 이끄는 대로 행하며, 내게 주어진 천명을 기꺼이 받아들이고, 이를 완수하는 모습을 보여주는 것이다. 신은 자신의 일부를 인간에게 주었으니, 그것은 우리를 인도하고 지배하는 정신이자 이성이다.

28 누군가의 겨드랑이나 입에서 악취가 난다고 역정을 낸 적이 있는가? 그것이 역정을 낸다고 해결될 일인가? 그의 입과 겨드랑이에서 악취가 나는 것을. 이때 "그런 사람도 이성이 있으니, 조금만 생각의 폭을 넓히면 자신의 어떤 점이 다른 사람의 기분을 상하게 하는지 발견할 수 있을 거야. 본인이 그걸 안다면 얼마나 좋을까."라고 누군가가 말할 것이다. 그럴 때는 나의 이성으로 하여금 그의 이성에 호소하도록 하라. 즉 문제를 지적하고 타이르라는 의미다. 만약 그가 너의 말에 귀를 기울인다면 그가 악취의 근원을 알게 되니, 더 이상 화를 낼 필요가 없을 것이다. 그러한 일은 비극배우나 창녀도 할 수 있는 일이다.

29 이 세상에서 살든, 저 세상으로 떠나든 선택권은 너에게 있다. 하지만 세상 사람들이 네가 이 세상에 머무는 것을 허락하지 않

는다면, 아무것도 잃을 것 없는 사람처럼 미련 없이 삶의 집을 떠나라. 마치 연기가 자욱한 집 안에 있는 것을 견디지 못해 바깥으로 뛰쳐나온 사람처럼. 그것은 별 대수로운 일이 아니다. 하지만 극단의 상황에 몰린 것이 아니라면 이 지상에 자유로운 사람으로 살아남으라. 그 누구도 이런 너의 선택을 방해하지 못할 것이다. 앞으로 너는 이성적 동물이자 사회적 동물로서의 본분을 다해 옳은 일을 선택하며 살아가라.

30 우주의 지성은 애타적이다. 보다 낮은 것을 만들어 보다 높은 것을 섬기게 하고, 보다 높은 곳에 있는 존재들은 상호 의존하기 위해 조율한다. 보라! 어떤 것들은 복종하고, 어떤 것들은 서로 결속되어 있다. 모든 것에는 제게 알맞은 몫이 주어져 있고, 그 가운데 보다 뛰어난 것들은 서로 결합해 상호 조화를 이룬다.

31 그동안 신을 비롯하여 부모님, 형제자매, 아내, 자식, 스승, 친구, 친지 그 외에 지금까지 나를 양육하고 내가 양육했던 사람들에게 어떻게 처신했는지 되돌아보는 시간을 가져라. 지금까지 내가 쌓아온 인간관계를 뒤돌아보면서, 나도 어느 시인처럼 당당하게 말할 수 있을까? 예컨대, "단 한번도, 어느 누구에게도,

거친 말 한마디, 불공평한 행동 한번 한 적이 없다."고 말이다.

살아오는 동안 내가 얼마나 많은 시련을 견디며 극복했는지 생각하는 시간을 갖자. 이제 나는 인생의 종착역에 다다랐고, 이 세상에서 해야 할 일을 마쳤다고 가정해보자. 아름다운 것을 얼마나 많이 보아왔고, 쾌락과 고통을 또 얼마나 많이 떨쳐냈는지. 또 붙잡을 수 있는 영예와 부를 얼마나 거부했으며, 이기적인 사람들에게 얼마나 많은 친절과 배려를 베풀었는지를.

32 지혜롭고 전능한 영혼은 왜 미숙하고 무지한 영혼을 거북스러워하는가? 지혜롭고 전능한 영혼이란 대체 어떤 영혼을 말하는가? 이는 세상의 시작과 끝을 안다는 의미이며, 삼라만상을 관장하고 각자가 있을 자리를 찾아주는 이성적 영혼을 말한다.

33 머지않아 너는 죽어 재가 되거나 백골로 남게 될 것이며, 이름을 남기거나 이름조차 남기지 못하고 사라질 것이다. 하지만 남겨진 이름조차도 공허한 메아리로 들릴 것이다. 살아생전에 우리가 그토록 원했던 것들은 하나같이 공허하고, 부패하고, 헛된 것들뿐이다. 인간이란 서로가 서로를 물어뜯는 강아지라고 해야 할까, 아니 울다 웃기를 반복하며 싸우는 어린애들과 닮았다

고 해야 한다. 신의, 정의, 진실, 수치심 같은 것들은 세상에서 멀리 떨어진 천계에서나 존재하는 것들일까.

그렇다면 이 세상에 연연해야 할 이유가 무엇인가. 변화무쌍하고 불안정한 감각은 시간이 지나면 점점 무디어져 거짓에 쉽게 속아 넘어간다. 그리고 영혼이란 피가 증류된 것에 불과하니 속세에서의 영예란 것이 얼마나 부질없는가.

그러니 인내심을 갖고 기다려라. 소멸되거나, 혹은 다른 뭔가로 변신할 때가 올 때까지 신을 숭배하고, 이웃에게 관용을 베풀고, 나 자신을 엄격하게 다스려라. 진정으로 내가 소유한 것은 내 살점과 피뿐임을 기억하자. 그 외에 내가 다스릴 수 있는 것은 아무것도 없다.

34 항상 원칙에 어긋나지 않게 생각하고, 행동하고, 정도를 걷는다면 무난한 삶을 살다 떠날 수 있다. 신의 창조물인 인간의 영혼은 신과 두 가지 점에서 닮았다. 첫 번째는 우리의 영혼은 외부의 그 어떤 것에도 위축되거나 방해 받지 않는다. 두 번째는 올바른 심성을 갖고 올바르게 행동하되 그 이상을 바라지 않을 때 선함이 존재함을 안다는 것이다.

35 만약 그 악행을 내가 저지른 것도 아니고, 내가 저지른 죄의 결과도 아니고, 그로 인해 사회가 위험에 빠진 것도 아니라면 내가 괴로워할 이유가 없지 않은가? 내가 괴로워한다고 해서 사회에 무슨 도움이 된단 말인가?

36 겉모습에 현혹되지 말고, 진정 도움을 필요로 하는 이웃을 능력껏 돕도록 하라. 넘어진 자가 입은 상처가 윤리적으로 중대한 손상이 아니라면 그것을 큰 부상으로 여기지 말라. 나쁜 습관이 배게 된다. 그 대신 어른이 어린아이를 달래듯 하라.

연단에 서서 사람들의 지지를 호소하는 이여! 궁극적인 가치를 잊고 있는 것이 아닌가? "나도 다 안다네. 하지만 사람들이 거기에 큰 관심을 갖고 있으니 어쩔 수 없었다네." 하고 당신은 대답하겠지. 그렇다면 그대도 바보가 되겠단 말인가?

한때 나에게도 운이 따랐다. 하지만 언제부턴가 그 운은 나를 떠나고 말았다. 그러나 진정 운이라는 것은 스스로가 만드는 것! 좋은 운이란 무엇인가? 고매한 인품, 선한 의도, 선량한 행실을 말한다.

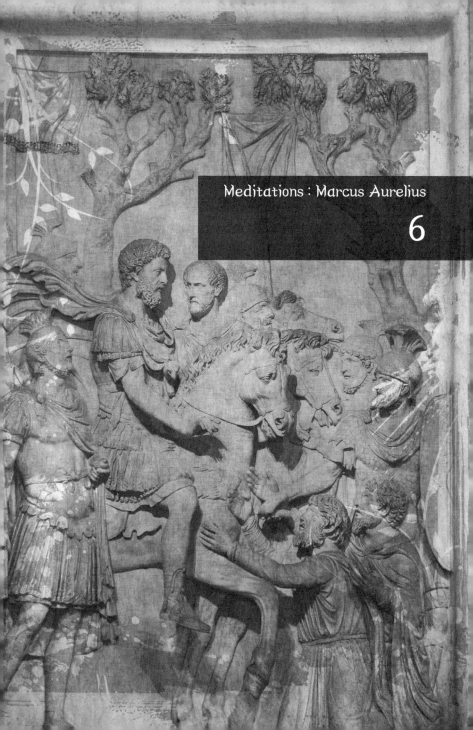

Meditations : Marcus Aurelius

6

1   우주의 본질은 유연하고 관대하다. 우주를 지배하는 이성은 사악한 불씨를 품고 있지 않다. 악이 무엇인지도 모르고, 악을 행하지도 않으며, 그 무엇에도 해를 입히지 않는다. 이 모든 것은 우주의 본성에 의해 시작되고 완성된다.

2   옳은 일이면 춥건 덥건, 숙면을 취했건 졸리건, 비난을 받건 칭송을 받건 그 무엇에도 굴하지 말고 실천하라. 죽어 가고 있거나 일을 하느라 분주하더라도 거기에 구애 받지 말아야 한다. 왜냐하면 죽는 것 또한 삶의 일부이기 때문이다. 그러니 지금 해야 할 일을 제대로 완수하도록 하라.

3   껍질 속을 들여다보라. 어떤 실체의 내면에 숨은 본연의 성질과 값어치를 간과하는 일이 절대 없도록 하라.

4   존재하는 모든 물질은 머지않아 변화한다. (우주가 실제로 하나의 합일체라면) 증발해 올라가거나 재가 되어 흩어질 것이다.

5   세상을 지배하는 이성은 제 본질을 알고 있다. 누구를 위해, 무슨 일을, 어떻게 해야 하는지 완벽하게 알고 있다.

6   최고의 복수는 원수가 내게 한 짓을 따라 하지 않는 것이다.

7   늘 신을 마음속에 모시고, 한 가지 선행을 베푼 뒤 그 다음 선행을 실천하는 데서 행복과 기쁨을 찾도록 하라.

8   지배적 이성이란 무엇인가. 그것은 스스로 깨어나서 스스로 제 방향을 찾아가는 것이다. 또한 스스로가 목적의식을 갖고 이를 실현하기 위해 노력하는 것은 물론, 자신의 선택을 경험으로 만드는 것이다.

9   세상의 모든 것은 자연의 순리에 따라 완성된다. 왜냐하면 세상
    만물을 제어할 수 있는 자연 외의 반대 세력은 외부에도 내부에
    도 존재하지 않기 때문이다.

10 세상은 흐트러지고 뒤섞인 혼동 상태이거나 질서정연한 합일체
    이다. 만약 세상이 뒤죽박죽 혼동 상태라면 이처럼 무의미하고
    무질서한 세상을 군이 살려고 발버둥이칠 이유가 있겠는가. 언
    젠가 먼지가 되어 대지로 돌아가는 것 외에 관심 둘 일이 무엇이
    있겠는가. 무엇을 하며, 어떻게 살든 결국은 먼지로 돌아가고
    말 인생이라면 숨 가쁘게 아등거리며 살 이유가 무엇이 있겠는
    가. 하지만 세상이 질서정연한 하나의 합일체라면, 나는 절대적
    권능을 믿고 그것에 의지하며, 꿋꿋하게 나아가리라.

11 주변 상황으로 인해 평정심을 잃고 고통의 나락으로 떨어졌다
    면 즉시 평상심을 회복하라. 그리고 될 수 있는 한 그 상황에 필
    요 이상 머물지 않도록 하라. 이런 일이 반복되어 평상심 회복이
    습관화되면 처세술도 능해진다.

12 왕실을 계모, 철학을 생모라 가정해보자. 수시로 마음을 철학으

로 돌려 그 안에서 위안을 얻게 되면 왕실 사람들을 대면하는 것이나 왕실 생활도 훨씬 수월하게 견뎌낼 수 있다.

13 눈앞에 차려진 산해진미를 보고 문득, "이것은 생선의 시체다."라는 생각이 들 때가 있다. 그리고 "저것은 죽은 새, 이것은 죽은 돼지다. 와인이 귀하다고 해봐야 포도즙에 불과하고, 화려한 자줏빛 관복은 조개 피로 염색한 양털에 불과하다. 성행위란 것도 알고 보면 신체 일부를 마찰해 정액을 내뿜는 것일 뿐이다." 이런 식의 사고를 사물을 인식하는 관념이라고 한다. 우리는 관념을 통해 사물의 본질을 꿰뚫어보거나 파악하는데, 사물을 볼 때는 다음과 같은 접근방식을 취해보자.

아무리 겉보기에 그럴듯해 보일지라도, 그것의 벌거벗은 본질을 꿰뚫어보고, 그것의 헛됨을 꿰뚫어보고, 그것을 포장한 화려한 껍질을 벗겨내라. 특히 겉껍질은 이성을 교묘하게 속이는 능력이 탁월하다. 그 어떤 수고도 아깝지 않을 만큼 훌륭해 보이는 것일수록 기만적일 수 있다. 철학자 크라테스가 그의 제자인 크세노크라테스에게 한 말(무슨 말을 했는지는 기록에 남아 있지 않다)을 생각해보라.

14 대중이 찬탄하고 선망하는 것은 대개 무화과나무나 포도나무, 올리브나무처럼 자연물이거나 돌이나 재목과 같이 자연계의 화학적 변화로 인해 조합된 물질들이다. 조금 더 깬 사람들은 소떼나 양떼와 같이 살아 있는 존재의 군집에 이끌린다. 그보다 교양 있는 사람들은 이성을 지닌 사람들을 예찬하고 선망한다. 여기서 말하는 이성은 세상을 지배하는 보편적 성질을 띤 것이 아니라 조금 더 구체적이고 정교하게 연마된 재능을 지닌 이성, 나아가 많은 노예를 소유할 수 있는 능력을 가진 이성에 한정된다.

한 사람의 시민이자 한 사람의 인간으로서, 우리 모두가 공유하는 보편적 이성을 소중히 여기는 이가 선망하는 것은 단 한 가지뿐이다. 올바른 정신, 즉 그 어떤 이기심과 비이성적인 것도 허용하지 않는 그런 정신을 말한다. 올바른 정신을 가진 사람들은 그것을 유지하기 위해 주변 사람들과 더불어 살며 늘 협력한다.

15 어떤 것이 새로이 생겨나기 위해 서두를 때, 다른 한편에서는 사라지기 위해 서두른다. 어떤 것이 막 생겨나는 과정에 있을 때, 다른 한쪽에서는 이미 사라져가고 있다. 이처럼 세상은 움직임을 통해 끊임없이 새로운 것이 생성된다. 마치 영겁의 세월을 도도하게 흐르는 강줄기처럼. 이처럼 쉼 없이 흘러가는 시간 속에

순식간에 왔다가 사라지는 것들 가운데서 우리 인간이 무엇을 귀하게 여겨야 하는가? 순식간에 허공을 날아올라 시야에서 사라져버리는 화살에 집착해야 할까?

생명이란 것이 무엇인가? 공기를 들이마셨다가 내쉬는 행위일 뿐 그 이상도 아니다. 우리가 매순간 숨을 한번 들이마셨다가 다시 내뱉는 행위는 엊그제 태어나면서 숨 쉴 능력을 처음으로 부여받은 아이가 태어나자마자 그 능력을 다시 되돌려주는 것이나 별 차이가 없다.

16 우리 인간에게 배출 능력이 있다는 것은 대단하게 여길 것이 못 된다. 식물도 배출 능력이 있기 때문이다. 우리에게 호흡 능력이 있다고 대단하게 여길 것이 못 된다. 들판의 짐승이나 산 속의 나무도 호흡 능력이 있기 때문이다. 감각을 통해 사물을 인식하고, 충동에 따라 움직이며, 사회적 본능에 따라 집단을 이루며 사는 것 또한 대단하게 여길 것이 못 된다. 영양을 섭취한다는 것은 먹은 음식을 분류해 필요한 것은 취하고 불필요한 것들은 내보내는 것에 불과하므로 이 또한 대단하게 여길 것이 못 된다.

그렇다면 대단한 것이라고 여길만한 것은 무엇인가. 박수갈채를 받는 일일까? 그래봐야 기껏 군중의 혀끝에 발린 찬사를 듣는 것에 지나지 않는다. 명예의 허상을 제외하고 나면 무엇이 남는단 말인가.

내 생각으로는 움직일 때나 정지해 있을 때나 존재 목적에 맞게 강약과 절제가 필요하다는 사실이다. 알고 보면 우리 삶의 궁극적 목표는 끊임없는 수련과 훈련의 연속이다. 목적에 부합하는 뭔가를 만들어내려면 기술과 재능을 익혀야 하기 때문이다. 포도밭을 가꾸는 농부, 말을 길들이는 마부, 사냥개에게 물을 먹이는 사육사들이 미래의 비전을 위해 기본적으로 갖춰야 할 것은 일에 대한 '숙련'이다. 학교의 교사들 역시 동일한 목적을 위해 가르치고 있다. 우리가 추구해야 할 가치는 이것이다.

우리가 이러한 삶의 목표를 진정으로 깨우치면 그 어떤 일에도 흔들리지 않는다. 지금 당장이라도 마음속에 품고 있는 허황된 욕심과 야망을 버려라. 그러지 않으면 절대 내 인생의 주인이 될 수 없고, 하나의 독립된 인격체가 될 수도 없으며, 욕망의 덫에서 헤어날 수가 없다. 잡다한 욕심과 야망을 마음속에 품고 있는 한 늘 타인을 시기하거나 질투하는 데 시간을 빼앗기거나, 행여 누군가가 나의 재물을 빼앗지나 않을까 전전긍긍하게 된다. 더 나아가 탐나는 재화를 소유하고 있는 사람을 보면 음침한 음모를 꾸미고 싶은 마음이 끓어오른다. 사람이 탐욕에 빠지게 되면 신神을 원망하는 시간이 잦아진다. 하지만 내면을 지배하는 이성과 지성을 존중하게 된다면 평화와 만족을 얻을 것이며, 주변 사람들과 화합하는 것은 물론 신과도 화평을 이룰 수 있다.

17 모든 원소는 아래위, 또는 양방향으로 움직인다. 그러나 선행의 움직임은 다르다. 선행의 움직임은 눈에 띄지는 않지만 한쪽 방향으로만 나아간다. 초연하고 만족스럽게.

18 사람들의 생각은 이해할 수가 없다. 함께 더불어 사는 이웃을 칭송하려 들지 않고 한 번도 만나본 적도 없고, 만날 가능성도 없는 후세 사람들이 자신을 칭송해주길 원한다. 이는 마치 앞서 살다 간 사람들이 우리에게 자신을 칭송해주지 않는다고 비통해하는 것과 무엇이 다르단 말인가.

19 나 혼자의 힘으로 해내기 어렵다고 해서 그 일을 인간의 능력으로는 해내기 어렵다고 속단하지 말라. 반대로 인간의 힘으로 가능한 일이라면, 내가 그 일을 해낼 능력이 있다고 생각하고 뛰어들도록 하라.

20 정당하게 치러지는 경기에서는 선수들이 서로 할퀴거나 박치기를 해서 멍이 들고 상처를 입기도 한다. 하지만 경기 중에 선수들이 공격을 당했다고 해서 모욕감을 느끼거나, 상대방이 나쁜 사람이라고 생각지 않는다. 그들은 적정 거리를 유지하며 조심하고 경계를 하되 적대감이나 의심을 품지는 않는다. 우리가 살아가면서 맞닥뜨리는 대인관계에도 이를 그대로 적용해보자. 경기장에서 상대선수를 대하듯 현실적 인간관계에서도 사소한 문제에 감정적으로 대응하지 말자. 의혹이나 증오감을 갖고 경기를 치르지 않도록 하자.

21 만약 누군가가 나의 잘못을 납득할 수 있는 방법으로 입증하여 지적해주면 나는 기꺼이 내 행실을 바로잡을 것이다. 나는 진리를 추구하며, 그 누구에게도 해를 입히고 싶지 않기 때문이다. 다른 사람에게 해를 입힌다는 것은 무지하거나 자기기만에 빠져 있어 그렇다.

22 나는 내가 해야 할 일을 할 뿐 사소한 일에 마음을 빼앗기지 않는다. 왜냐하면 이들 사소한 일들은 하나같이 비이성적이고, 부질없고, 혹은 나를 정도에서 벗어나게 하는 것으로, 하릴없이

갈팡질팡 헤매게 하기 때문이다.

23 이성이 없는 '짐승'이나 '사물'을 대할 때에도 아량을 베풀도록
하라. 나는 이성이 있지만 그런 것에는 이성이 없기 때문이다.
그리고 이성을 가진 내 이웃을 대할 때는 형제애로 대하라. 만약
신의 도움이 필요할 때는 신에게 의지하되, 얼마나 오래 기도해
야 할 것인지 걱정할 필요는 없다. 단 세 시간이면 충분하다.

24 마케도니아의 알렉산드로스 대왕이나 그의 노새를 부리던 마부
도 죽어서는 별 차이가 없었다. 두 사람 다 만물을 생성하는 자
연의 근원으로 되돌아갔거나 먼지가 되어 허공에 흩어졌다.

25 매 순간 나의 육신과 마음에 얼마나 많은 일이 일어나는지 생각
해보라. 그러면 같은 시각 우리가 우주라고 부르는 이 광활한 곳
에 얼마나 많은 것들이 존재하기 위해 새로이 생성되고, 그보다
더 많은 일들이 일어나는지 안다고 해서 놀랄 일이 못 된다.

26 누군가가 안토니누스Antoninus라는 이름의 철자법을 물어와 큰
소리로 목청껏 한 자 한 자 알려줬다고 가정해보자. 상대방은 분

명히 이런 나의 몰지각한 태도에 화를 낼 것이다. 그렇다고 나까지 화를 내야 할까? 대부분의 사람들은 이름의 철자법을 물으면 차분하게 한 자 한 자 알려줄 것이다. 우리가 살아가면서 주어진 임무를 완수하는 방법도 이와 같이 해야 한다. 각자가 해야 할 일은 특정 분야로 나뉘어져 있다. 내가 하는 일에 주변 사람이 짜증을 낸다고 해서 흔들리지 말고, 화를 내지도 말고, 그저 해야 할 임무를 차분하게 완수해내면 그만이다.

27 누군가가 그 일이 자신의 적성에도 맞고 돈벌이도 된다는데, 그 일을 막는다는 것은 얼마나 잔인한 짓인가! 이 같은 상황에서 그 사람의 생각이 잘못됐다고 화를 내거나 분통을 터뜨린다는 것은 말할 수 없이 잔인한 짓이다. 왜냐하면 분명 그 사람은 그 일이 자신의 적성에 맞고 돈벌이도 된다는 확신을 갖고 있었기에 그 일을 시작했을 것이기 때문이다. 하지만 그가 하는 일이 전혀 비합리적이라고 생각될 때는 주의를 주어라. 차분하게 지적해 주어야 한다.

28 죽음이란 무엇인가? 감각을 통한 관념, 개성에 따라 이리저리 이끌리는 충동, 갈팡질팡 종잡을 수 없는 생각, 그리고 육체적

노고의 종말이자 이러한 것들로부터의 해방이다.

29 육신은 멀쩡한데 정신이 삶의 여정에 지쳐 쓰러진다면 이 얼마
나 수치스러운 일인가.

30 황제의 권위를 뽐내지 말고, 궁정 생활의 타성에 젖지 않도록 유
념하라. 물론 쉽지 않은 일이다. 대신 소박하고, 선하고, 순수하
며, 신중하고, 공평하며, 정의를 사랑하고, 신을 섬기며, 이웃에
게 자비롭고, 맡은 일을 끈기 있고 올바르게 행하라. 이러한 철
학이 몸에 배도록 노력해야 한다.

위로는 신을 받들고 아래로는 인간을 도우라. 인생은 짧다. 이
짧은 인생에서 거둬야 할 결실은 단 하나다. 내면의 신성을 섬
기고 이웃을 사랑하는 것이다. 매사에 안토니누스(로마의 황제. 관
리의 지위를 안정시키고 재정을 건실하게 했으며 그리스도교 박해를 금지시키고
속주의 번영을 위하여 노력하는 등 평화로운 치세를 했다)의 가르침을 따르
고 실천하라. 그는 무얼 하든 오로지 이성에 따랐으며, 그 어떤
경우에도 침착성을 잃지 않았고, 경건하고 평온한 얼굴에, 친절
함이 몸에 배어 있었으며, 헛된 명예를 좇지 않고, 늘 진리를 추
구했다. 그가 했던 것처럼 모든 문제를 진실의 토대 위에서 완전

히 이해가 될 때까지 보류하고, 억울하게 비난을 받아도 참아내
며, 서두르지 않고, 모함하는 친구를 멀리하고, 늘 가려보면서
도 타인의 행동에 편견을 갖지 않았으며, 초조해하지도, 의혹에
사로잡히지도, 우유부단하게 행동하지도 않았으며, 잠자리며
의복, 음식은 소박했고, 시중 받을 때 까다롭게 굴지 않았으며,
근면성실하고 인내력이 있었다. 또한 그는 간소한 식사를 정해
진 시간에 했으므로 아침부터 저녁때까지 화장실에 가는 일이
거의 없었으며, 모든 친구에게 늘 한결같이 대했고, 자신의 의
견에 아무리 강한 반대를 하더라도 관대했으며, 잘못을 지적하
면 기꺼이 이를 수용했고, 믿음이 돈독하여 미신을 멀리했다.
나는 그의 말을 항상 기억하며, 마지막 순간까지 부끄럼이 없도
록 할 것이다.

31 깨어나 본래의 모습으로 돌아가라. 이제 잠에서 깨어났으니 그
동안 너를 괴롭혔던 것은 한갓 꿈이었다는 것을 알게 되었다. 깨
어나 맑은 정신으로 현실을 직시하라.

32 나는 육신과 정신으로 이루어졌다. 육신은 만물에 무심하다. 육
신은 분별력이 없기 때문이다. 한편 정신에 중요한 것은 정신활

동이다. 정신의 모든 활동은 '지배적인 정신활동'의 제약을 받는다. 정신에게 중요한 것은 현재일 뿐이다. 과거나 미래의 정신활동은 무의미하기 때문이다.

33 손이 손 노릇을 하고 발이 발 노릇을 하는 한 손과 발의 노고는 자연스러운 일이다. 마찬가지로 인간이 인간으로서의 의무를 다하려면 어느 정도의 고통을 수반하게 되는데, 이는 지극히 자연스러운 일이다. 자연스러운 것은 그 어느 것도 나쁘다고 할 수 없다.

34 도둑, 변태, 존속 살해자, 폭군…… 이들은 대체 무슨 대단한 쾌락을 바라고 그런 짓을 하는 것일까.

35 보통 장인들은 미숙련공들에게 자신의 기술을 적절한 수준까지 가르치지만 자신의 원칙과 철학은 철저히 고수하여 이를 절대 어기려 들지 한다. 그러나 건축가나 의사와 같은 전문직 종사자들은 자신에게 내재된 이성과 신성보다 자신의 기술과 실력을 더 중하게 여기니 참으로 개탄스러운 일이다.

36 아시아나 유럽 같은 대륙도 광대한 우주에서 바라보면 조그만

귀퉁이에 지나지 않는다. 지상의 바닷물을 모두 합친다 해도 한 방울의 물에 지나지 않으며, 지구상의 크고 작은 산맥들은 작은 흙더미에 지나지 않는다. 또한 방대한 시간이라는 것도 영겁의 시간에 비춰 보면 한 개의 점에 지나지 않는다. 이처럼 우리의 눈에 비치는 만물은 더없이 미소하고, 쉬 변하고, 금세 소멸한다.

만물은 하나의 원천에서 발원되어, 절대적 우주의 이성과 부수적 우주의 이성에 의해 생겨난 것이다. 쩍 벌어진 사자의 아가리, 치명적인 독, 그 외에 가시나 진흙조차도 고귀하고 아름다운 우주의 진리를 내포하고 있다. 그러니 우리는 이러한 모든 것을 내가 섬기는 절대적이고 보편적 권능과 긴밀한 연관성이 있으며, 그 유일한 근원이 다른 모든 것의 근원임을 기억해야 한다.

37 우리의 눈앞에 존재하는 모든 것은 태초에도 있었으므로, 세상이 끝나는 마지막 날에도 존재할 것들이다. 만물의 근원은 하나의 본질에서 빚은 것이기 때문이다.

38 우주 만물은 서로 유기적으로 연결된 상호 의존적 관계라는 사

실을 기억하라. 이 모든 것이 어떻게 서로 영향을 주고받으며, 어떻게 서로 우호적으로 얽히고설켜 있는지 눈여겨보라. 서로 밀어주고 당겨주며, 하나가 가고 나면 또 다른 것이 오는 가운데 모든 것은 하나의 단일체로 연속성을 가진다.

39 운명이 너에게 정해준 환경에 적응하라. 운명이 너에게 보내준 이웃에게 진정한 사랑을 보여주도록 하라.

40 연장, 도구, 장비와 같은 것은 원래 만들어진 목적대로 쓰일 뿐, 그것을 제작한 사람은 더 이상 관여하지 않는다. 이처럼 자연이 빚어낸 모든 사물은 그것을 탄생시킨 존재가 가진 힘이 내재되어 있다. 신의 의도를 존중하고, 이에 부합하는 삶을 살아라. 자연에 부합하는 삶이란 자연의 이치에 순응하는 것을 말한다. 세상 만물의 이치도 마찬가지다.

41 우리는 자신의 권한을 벗어난 일이 생기면 그것을 좋은 일, 혹은 나쁜 일로 구분 지으려 든다. 불운이 닥치면 신을 탓하기도 하고, 불운을 초래한 인물을 탓하기도 한다. 우리 인간이 지닌 대부분의 악습은 이런 식으로 세상을 살아오는 과정에서 생겨난

습관이다. 하지만 좋고 나쁘다는 판단을 내가 관여할 수 있는 범위 내의 일로 한정짓는다면 신을 원망하거나 탓할 이유도, 타인을 증오할 일도 없어질 것이다.

42 우리는 모두 한 가지 목표를 향해 서로 협력하고 있다. 어떤 사람은 이를 의식하며 일하고, 어떤 사람은 이러한 것에 대한 지식을 갖고 있고, 어떤 사람은 그 사실을 알지도 못한 채 동참하고 있다. 이와 관련해 헤라클레이토스는, "잠을 자고 있는 사람도 우주의 섭리를 실현하기 위해 동참하고 있다."고 했다.

어떤 사람에게는 이런 일이 주어지고, 어떤 사람에게는 저런 일이 주어진다. 매사에 사사건건 시빗거리만 찾아내려는 자도, 늘 남을 비난하려 들거나 방해하는 자도 충분히 제몫의 일을 해내고 있다. 세상은 이런 사람도 필요로 하기 때문이다. 그렇다면 나의 역할은 무엇인지 곰곰이 생각해보자. 우주를 관장하는 그분은 내게도 분명 나름의 몫을 주었을 것이며, 그분의 목적에 타당한 일을 맡겼을 것이다. 다만 크리시포스^{Chrysippos}가 말한 '연극에 등장하는 천박하고 가소로운 광대' 역할은 피하도록 하라.

43 태양이 비의 역할을 하겠다고 한 적이 있는가? 의술의 신 아스

클레피오스가 대지의 신 데메테르의 역할을 하겠다고 한 적이 있는가? 별들은 어떤가. 그들은 제각기 각자의 위치에서 서로 조화를 이루며 동일한 목적을 위해 소임을 다하고 있지 않은가?

44 만약 신이 내게 이미 일어난 일을 포함하여 내 모든 일에 간여한다면 그 결정들은 모두 선한 의도로 행해진 일일 것이다. (나쁜 결정을 내리는 신은 상상하기 힘들다.) 신이 무엇 때문에 나에게 해를 끼치려고 안간힘을 쓰겠는가? 또 해를 끼친다고 한들 무슨 이득이 있겠으며, 신의 최우선 과제인 세상을 다스리는 데 무슨 이득이 있겠는가.

신은 인류의 보편적 안녕을 위한 일을 결행하기 위해 한 개인인 나의 일에 대해서는 어떤 결정을 내리지도 않을지 모른다. 신이 어떤 결정을 내리든 나는 기꺼이 수용해야 한다. 비록 이런 의혹을 품는 것은 신성모독이긴 하지만, 만약 신이 그 무엇에 대해서도 아무런 결정을 내리지 않았다면, (만약 이것이 사실이라면) 나는 희생도 기도도 서약도 중단하고, 신이 우리와 함께 할 것이라고 믿고 행한 모든 일을 당장 중단해야 할까? 하지만 신이 우리의 삶에 아무런 결정도 내리지 않는다 할지라도 여전히 나는 나 스스로를 위해 올바른 선택을 할 것이다. 그것이 나 자신에게 이

득이 될 것이기 때문이다. 나의 본성을 따르는 것은 다른 모든
이에게도 이득이 될 것이 분명하다. 나는 천성적으로 이성적이
며 봉사정신을 타고났다. 안토니누스 집안의 자손으로서 내가
섬겨야 할 나라는 로마다. 한 개인으로서 내가 섬겨야 할 대상은
세상이다. 이를 섬기고 봉사하는 것이 나에게 주어진 유일한 선
이다.

45 모든 개인에게 일어나는 일은 세상의 보편적 선을 위한 것이다.
그것으로 충분하다. 하지만 자세히 살펴보면 어느 한 사람에게
좋은 것이 다른 사람들에게도 좋은 것임을 알 수 있다. (하지만
이 경우 '좋다'는 의미는 도덕적 잣대인 선악과 상관없이 모든 것을
포괄하는 일반적 개념이다.)

46 극장에서 상연되는 아무리 좋은 공연도 같은 것을 되풀이해보
면 싫증이 난다. 우리 인생살이도 마찬가지다. 아래로 보나 위
로 보나 늘 한결같은 것을 보고 있노라면 피로를 느끼게 된다.
그렇다면 얼마나 오래 같은 걸 지켜볼 생각인가.

47 이런저런 나라에서 태어나 나름대로 뭔가를 추구하다가 지금은

유명을 달리한 과거의 인물들을 생각해보라. 필리스티온, 포에부스, 오리가니온과 같은 인물들을……. 더 나아가 위대한 웅변가들이자 철학자인 헤라클레이토스, 피타고라스, 소크라테스와 같은 인물들도. 그 외에 수많은 영웅과 장군들, 뛰어난 재능을 타고난 인물들, 위대한 지식인들, 열심히 노력해 큰 업적을 이룬 사람들, 심지어 폭군들까지도 우리 곁을 떠났다. 게다가 메니포스와 같이 덧없는 삶을 조롱했던 사람도 지금은 우리 곁에 없다. 이렇게 수많은 인물들이 이미 오래 전에 먼지로 사라져버렸다. 더 이상 내려갈 수 없는 바닥으로 떨어진 것이다. 하물며 이름 없이 땅에 묻힌 사람들은 얼마나 많은가. 그러니 중요한 것은 오직 한 가지뿐이다. 진리와 정의를 추구하고, 거짓말쟁이를 비롯한 나쁜 인간들에게도 자비를 베푸는 것이다.

48 기분 전환이 필요할 때는 내 주변 사람들이 지닌 뛰어난 장점을 생각해보라. 어떤 이는 추진성이 있고, 어떤 이는 겸손하며, 어떤 이는 자비심이 있다. 이들의 성품에서 발견할 수 있는 각기 다른 덕목들을 되새겨보는 것보다 더 큰 기분 전환 방법은 없다. 그러니 늘 이웃과 더불어 살아가라.

49 몸무게가 원하는 만큼 나가지 않는다고 해서 불평하는 사람은 없다. 그렇다면 내가 오래 살지 못하는 것에 대해서도 불평할 일이 아니다. 내 몸무게에 만족하듯이 내 운명에 주어진 시간의 분량에 대해서도 만족할 일이다.

50 필요하다면 우선 설득하라. 정의로운 일이라면 상대방이 원치 않는 일이라도 그대로 밀고 나가라. 만약 상대방이 힘으로 저항하면 조용히 한발 물러서라. 대신 이러한 장애를 미덕을 실천할 기회로 활용하라. 당초 갖가지 상황을 염두에 두고 시도했으며, 내가 목표로 했던 것은 불가능한 일을 해내는 것이 아니었음을 기억하라. 그렇다면 나는 무엇을 목표로 삼았는가. 시도 그 자체다. 나는 시도했고, 결국 원하는 것을 성취했다.

51 명예욕이 있는 사람은 다른 사람의 반응에서 만족을 구한다. 쾌락을 추구하는 사람은 육체적 감각에서 만족을 구한다. 하지만 지적인 사람은 스스로의 행동에서 만족을 구한다.

52 외부의 객체를 어떻게 생각하고 받아들일 것인가는 나의 권한에 속한다. 그러나 외부의 객체가 나의 정신을 교란시킬 수는 없

다. 왜냐하면 외부에는 나를 조종할 수 있는 파워가 내재되어 있지 않기 때문이다.

53 다른 사람의 말을 경청하여 그 진의가 무엇인지 파악하는 연습을 하라. 가능한 한 최선을 다해 그 사람의 마음속에 들어가도록 하라.

54 벌집에 좋지 않은 것은 벌에게도 좋지 않다.

55 선원이 선장의 권위를 무시하고, 환자가 의사의 권위를 무시하고 대들면서 따진다고 가정해보라. 이런 선원이나 환자가 다른 사람의 말에 귀를 기울이겠는가? 그렇게 되면 선장은 어떻게 배의 안전을 지킬 것이며, 의사는 어떻게 환자의 건강을 돌보겠는가.

56 나와 같이 세상에 왔다가 이미 세상을 떠나버린 사람이 얼마나 많은가.

57 황달병에 걸린 사람은 꿀조차 입에 쓰다 하고, 광견병에 걸린 사

람은 물만 봐도 공포에 질린다. 그러나 어린아이들에게는 공 하나도 큰 기쁨을 선사하는 보물이다. 그렇다면 나는 왜 분노에 못 견뎌 하는 것일까? 다른 사람의 비난이 황달병을 일으킨 담즙이나 미친개의 독보다 더 낫다고 생각할 수는 없을까.

58 그 누구도 나에게 본성에 따라 사는 것을 방해하지 못한다. 따라서 자연의 보편적 이성에 반하는 일은 나에게 일어나지 않았다.

59 아첨의 대상이 되었던 인물들, 탐욕을 끓어오르게 했던 재물, 목적 달성을 위해 동원했던 부질없는 수단들……. 세월은 이 모든 것을 순식간에 묻어버릴 것이다. 이미 묻혀버린 것은 또 얼마나 많은가.

1   악이란 무엇인가? 예전부터 늘 봐왔던 것이다. 그러니 어떤 어
     려움을 당하더라도 그것이 '늘 봐왔던 일'임을 상기하라. 위로
     보나 아래로 보나 익히 봐왔던 것을 보는 것뿐이다. 고대를 지나
     중세, 근대를 지나는 역사의 중심에는 늘 악이 만연했다. 국가
     는 물론 가정도 마찬가지다. 전혀 새로울 것이 없는 이것은 시간
     과 함께 지나갈 것이다.

2   신념이 무너지는 원인은 단 하나다. 신념을 잉태한 초심이 사라
     졌기 때문이다. 꺼져가는 불씨를 살리듯 초심을 소중히 다루어
     라. 그리고 내가 하고자 하는 일이 무엇이든, 그것에 대한 초심
     이 불꽃처럼 늘 타오르게 하라. 이처럼 한다면 절대 마음이 흔들

리지 않을 것이다. 나의 심중에서 벗어나 있는 것은 내가 관여할 바가 아니다. 이 점을 늘 명심한다면 꿋꿋하고 흔들림 없이 살아갈 수 있다. 새로운 삶은 바로 내 수중에 있다. 초심으로 돌아가 새로운 마음으로 새 삶을 시작하라.

3 겉만 번지르르한 잔치, 무대 위의 연극, 양 떼들, 소 떼들, 개한테 던져준 뼈다귀, 연못의 물고기에게 던져준 빵부스러기, 무거운 짐을 힘겹게 짊어지고 가는 개미 떼, 겁에 질려 갈팡질팡하는 생쥐, 실로 조종되는 꼭두각시 인형……. 여기에 우리의 모습이 있다. 그러니 뽐내며 잘난 체할 것 없이 긍정적인 자세로 자신이 맡은 임무를 다하라. 이렇게 살아가는 가운데, 한 인간의 가치는 그 사람이 가지는 야망의 크기와 노력에 따라 결정된다는 사실을 알 수 있다.

4 대화를 할 때는 표현방법에 주의하고, 행동을 할 때는 동작에 주의하라. 행동하는 사람의 의도는 금방 알아차릴 수 있지만, 말 속에 숨은 의도는 귀를 기울이고 들어야 제대로 눈치챌 수 있다.

5 내가 맡은 임무를 해낼 능력이 있는가? 만약 충분한 능력이 있

다면 나를 하늘이 주신 도구라 여기고 그 일을 완수하라. 만약 내 능력이 미치지 못한다면 그 일을 나보다 능력이 뛰어난 사람에게 맡겨야 할 것이다. 그것이 만인을 위한 일이라면 나와 마음이 맞는 이의 도움을 받아 최선을 다해 해내라. 내가 하든 누군가에게 부탁을 하든, 그 일의 목적은 단 하나다. 바로 사회에 유익하고 바람직한 일을 하는 것이다.

6   얼마나 많은 옛 위인들이 우리의 망각 속으로 사라져 갔는가. 그 위인들을 우러러보고 칭송했던 얼마나 많은 사람들이 오래전에 우리의 곁을 사라져 갔는가.

7   도움 받는 것을 수치스럽게 여기지 마라. 적군의 성벽을 향해 돌진하는 병사처럼 내가 맡은 바 임무를 다하는 것이 내가 해야 할 일이다. 만약 내가 부상을 당해 혼자 힘으로 전투를 치르지 못한다면 동지의 힘을 빌리는 것이 무슨 허물이 된단 말인가.

8   미래의 일로 근심하지 마라. 현재 나를 지탱해주고 있는 이성이 그때도 나와 함께하며 미래의 일을 잘 대처해줄 것이다.

9   모든 만물은 서로 유기적으로 결합되어 있고, 신성한 결속의 힘
    이 하나로 묶어주고 있다. 그러니 고립되어 혼자서는 절대 살 수
    없다.
    모든 개체는 서로 조화를 이루어 하나의 합일체를 구성한다. 우
    주의 질서는 다수가 조화롭게 모인 하나의 통일체다. 이성적 존
    재가 완벽에 이르는 방법이 하나밖에 없다면, 우리의 존재를 관
    장하는 신도 한 분, 생각할 수 있는 창조물이 가진 보편적 이성
    도 하나, 진리도 하나일 것이다.

10 모든 물질 분자들은 만물을 생성한 원천으로 돌아가며, 모든 인
    연은 우주의 보편적 이성으로 회귀한다. 그리고 이 모든 것에 대
    한 기억은 영원한 시간의 심연 속에 묻힌다.

11 이성을 가진 생명체라면 자연의 순리를 따르는 것이야말로 더
    없이 이성적인 행동이다.

12 스스로 꿋꿋이 설 것인가, 아니면 남의 힘으로 설 것인가?

13 단일 조직을 구성하기 위해서는 다양한 구성 요소가 필요하다.

이성을 가진 존재 역시 마찬가지다. 이성을 가진 모든 존재는 각자가 독자적인 실체인 동시에, 단일 조직을 구성하는 데 없어서는 안 될 핵심 부품이라고 할 수 있다. 이처럼 유기적으로 결합된 이성적 존재는 상호 협력하에서만 제구실을 할 수 있다. 나 자신이 우주라는 거대한 이성적 유기체를 구성하는 핵심부품이라고 생각하면 이 사실을 보다 명확히 알 수 있다. 하지만 만약 실존적 유기체로서의 내가 있어도 그만, 없어도 그만인 주변기기라고 생각하면 진심으로 우주라는 이성적 유기체를 사랑할 수 없고, 내 이웃을 위해 자비를 베풀어도 참된 기쁨을 얻지 못한다. 즉 일을 의무로 생각하면 자신에게도 결코 좋은 일이 아니다.

14 나를 구성하고 있는 어느 한 부분이 크나큰 시련을 당했다 해도 그냥 묵인하라. 그 시련으로 인한 아픔을 호소하고 싶어 하면 호소하도록 하라. 하지만 스스로가 그 시련을 나쁜 일로 받아들이지 않는 이상 그 시련은 나를 망가뜨리지 못한다. 그 시련을 나쁜 일로 판단하지 않을 권리는 나에게 있다.

15 누가 뭐라고 하든 나의 의무는 인간답게 사는 것이다. 이는 금이

나 에메랄드, 혹은 자수정이 끊임없이 자신에게 '세상이 내게 무슨 짓을 하든, 나를 두고 무슨 말을 하든 나는 에메랄드로서 내 역할에 충실하고, 내 고유의 빛깔을 잃지 않겠다.'고 주지시키는 것과 같다.

16 　우리를 지배하는 이성은 제 자신을 괴롭히지 않는다. 자신에게 겁을 주지도, 자해를 가하지도 않는다. 행여 그 무엇이 위협하거나 고통을 주려 한다고 해도 염려할 필요가 없다. 이성 스스로가 결심하지 않는 한 잘못된 판단을 내려 자신을 그르치는 일은 없기 때문이다.

상처에 노출되어 있는 육신은 가능한 한 상처 받는 일을 피하도록 하되, 상처 받고 고통을 호소하면 그러도록 하라. 고통이나 공포의 감정이 형성되어 이를 느끼는 것은 마음이다. 하지만 그 누구도 마음으로 하여금 고통이나 공포를 선택하는 것에 간여할 수 없다. 따라서 스스로가 결심하지 않은 한 그 무엇에도 상처 받지 않는다. 우리를 지배하는 이성은 스스로가 만들어낸 욕구 외에 그 무엇을 바라지도, 필요로 하지도 않는다. 그러므로 이성은 제 스스로 동요나 교란을 일으키지 않는 한 그 무엇으로부터도 동요되거나 교란되는 법이 없다.

17 화평이란 천복으로 주어지거나 아니면 올바른 사고를 통해서도
    얻을 수 있다. 오, 상념이여! 네가 왜 여기에 끼어들려 하는가?
    하늘의 이름으로 명하노니, 왔던 곳으로 냉큼 돌아가거라. 나의
    오랜 습성이 너를 끌어들였을 뿐 나는 조금도 너를 반기지 않는
    다. 그러니 조용히 물러가라.

18 변화가 두려운가! 이 세상에 변화 없이 이루어지는 일이 무엇이
    있단 말인가! 천태만상이 공존하는 우주에서 변화만큼 자연스
    럽고 유쾌한 일이 어디 있는가! 장작을 태우지 않고 뜨거운 목욕
    을 즐길 수 있는가? 음식을 소화시키지 않고 영양을 섭취할 수
    있는가? 변화를 거치지 않고 결과물을 얻는 것이 가능하기나 한
    일인가? 나 자신의 변화 역시 이와 같은 원리로, 자연의 변화만
    큼이나 필연적이다.

19 우리 신체의 각 부위가 유기적으로 연결되어 내 몸을 이루었다
    가 해체되듯이, 세상 만물도 자연이라는 하나의 실체 속에서 서
    로 부대끼며 돕는 가운데 마치 급류에 휘말리듯 왔다가 순식간
    에 사라져버린다. 크리시포스, 소크라테스, 에픽테토스, 그 외
    에 얼마나 많은 위인들이 시간의 급류에 휘말려 왔다가 사라져

갔는가. 모든 인간과 물질을 대할 때 항상 이를 염두에 두도록 하라.

20 내가 걱정하는 것은 단 한 가지다. 인간의 본성에 역행하거나 때가 되기도 전에 금하는 행위를 저지르지나 않을까 염려된다.

21 머지않아 나는 세상 모든 것을 망각하게 될 것이고, 머지않아 세상은 나에 대한 모든 것을 망각하게 될 것이다.

22 자신에게 악행을 저지른 사람까지 사랑할 수 있는 것은 인간만이 가능한 일이다. 그 가능성을 열어놓기 위해서는 이렇게 생각하라. '모든 인간은 나의 형제자매들이다. 그들이 내게 잘못한 것은 무지했기 때문이지 의도적인 것은 아니었다. 그들이나 나나 머지않아 영면에 들 몸이다. 게다가 그들이 저지른 악행이 나의 지배적인 이성을 퇴보시키거나 훼손시키지 않았으니, 그들로 인해 진정으로 내가 해를 입은 것이 아니다.'라고.

23 자연은 자연세계의 물질로 마치 밀랍을 주무르듯 말駒을 만들어내고, 그 다음에는 말을 분해시켜 나무를 빚고, 그 다음에는 인

간을, 그리고 그 다음에는 다른 형체를 빚어낸다. 이 모든 우주 만물은 잠깐 동안 실존해 있다가 떠나가며, 이러한 존재를 담은 형체는 만들어지기가 무섭게 분해된다.

24 찡그린 얼굴을 하고 살아가는 것은 자연에 반하는 행위다. 얼굴을 자주 찡그리게 되면 아름다움이 조화를 잃어 결국은 돌이킬 수 없는 상황에 직면하게 된다. 그러니 더 이상 얼굴을 찡그려 자연에 역행하는 행위를 하지 말라. 좋고 나쁨에 대한 판단력을 상실한 채 살아간다면 무슨 보람이 있겠는가?

25 세상 모든 것을 관장하는 자연은 우리의 눈앞에 보이는 것들을 머지않아 다른 것으로 대체시켜버리고, 이렇게 대체된 물질은 쉬지 않고 또다시 새로운 것을 만들어낼 것이다. 세상은 생성과 소멸을 쉬지 않고 되풀이한다.

26 누군가가 내게 악행을 저질렀다면 그가 무슨 생각으로 그런 악행을 저질렀는지 생각해보라. 한순간 황당하거나 분하다는 생각을 했다가도 그가 그렇게 행동할 수밖에 없는 연유를 안다면 그 사람의 입장을 수긍하게 될 것이다. 왜냐하면 옳고 그름에 대

한 나의 판단이 그 사람과 같거나 비슷하면, 그가 옳다고 여긴 판단을 나 역시 옳다고 여길 것이며, 비슷한 경우에도 마찬가지일 것이기 때문이다. 그런 경우에는 그 사람의 악행을 용서해주는 것이 나의 도리다. 하지만 알고 보니 옳고 그름에 대한 나의 분별력이 그 사람보다 뛰어나다면 그 사람이 무지로 인해 악행을 저지른 것이니, 그때는 관대하게 용서해주는 것이 나의 도리다.

27 내가 소유하지 않은 것을 탐내지 말라. 대신 내가 소유한 것을 소중하게 여기고, 만약 이것을 잃었을 때 느낄 안타까움을 생각해보라. 하지만 내가 가진 것을 잃었을 때 마음의 평정마저 함께 잃어버릴 정도로 지나치게 집착하는 일이 없도록 유념하라.

28 현실에서 한 발짝 물러나 내면세계로 들어가는 시간을 가져라. 거기에는 나의 이성적 신념이 자리 잡고 있다. 이 신념은 정의로운 일을 할 때 만족스러워하므로, 그곳에서 나는 흔들리지 않는 평온함을 얻을 수 있다.

29 망상은 지워버려라. 꼭두각시처럼 이리저리 휘둘리지 마라. 현실에 충실하라. 나와 주변 사람들에게 무슨 일이 일어나고 있는

지, 그것의 적나라한 실체를 직시하라. 그리고 그 실체의 본질과 동기를 명확히 구분하라. 네 임종의 순간을 생각하라. 남이 네게 악행을 저질렀다면 그것은 그의 몫으로 남겨두라.

30 진행되는 대화의 의미를 주의 깊게 새겨들어라. 어떤 행동을 할 때는 무엇이 그런 행동을 하게 하는지 정신에 초점을 맞춰 생각하라.

31 분별력을 필요로 하지 않는 일에 대해서는 초연하고 소박하며, 겸허한 태도를 지녀라. 신의 말씀을 따르라. 현자는 "모든 것은 법칙을 따른다."고 했다. 비록 현자가 한 이 말의 의미는 물질을 이루는 기초 분자에 관한 것이지만, 우주 만물이 진실로 자연의 법칙을 따른다는 것을 이해한다면 그것으로 충분하다.

32 죽음에 대해 : 육신이 먼지가 되어 흩어지거나, 분자로 해체되거나, 우리 눈에서 영영 사라지는 것이 죽음이라면 결국 우리는 소멸되거나 다른 물질로 변할 것이다.

33 고통에 대해 : 견뎌낼 수 없는 고통은 우리를 파멸시킨다. 하지

만 오랫동안 겪어온 고통이라면 견뎌낼 수 있다. 마음이 육신에 얽매이기보다는 그 내면으로 깊이 들어가서 평정을 유지하여 우리를 지배하는 이성을 온전하게 지켜라. 만약 육체의 특정 부위가 고통에 시달린다면 묵과하라. 고통을 신음으로 하소연하게 하라.

34 명예에 대해 : 명예를 추구하는 자의 마음을 보라. 그들이 어떤 자들인지, 그들이 기피하는 것이 무엇인지, 그들이 원하는 것이 무엇인지 살펴보라. 그리고 이 세상 모든 것은 무너진 모래성 위에 쌓은 또 다른 모래성에 지나지 않는다는 사실을 생각하라. 앞서 왔던 모든 것들은 뒤이어 오는 것들에 속절없이 묻히고 만다.

35 "시공을 꿰뚫어보는 능력이 있는 고매한 인격의 소유자가 있다면 그는 인간의 삶이 의미가 있다고 생각할까요?

"그럴 리가 있겠소."

"그럼 죽음조차도 전혀 두려워하지 않을까요?"

"네, 조금도."   – 플라톤의 〈대화편〉에서

36 안티스테네스의 말 : 왕위란 좋은 일을 하고도 욕을 얻어먹는
    자리다.

37 수치에 대해 : 겉모습은 마음이 원하는 대로 다듬고 고치면서
    정작 마음을 다듬고 고치는 일은 게을리 하는 것.

38 세상일에 분통을 터뜨리는 것은 어리석은 짓이다. 세상은 그것
    을 전혀 알아주지 않기 때문이다.   -에우리피데스

39 불멸의 신에게도 주었듯이 우리에게도 기쁨을 주시기를!

40 익은 옥수수를 거둬들이듯 우리의 삶도 거두어갈 것이다. 한 생
    명이 태어나면 다른 곳에서는 한 생명을 거두어들인다.

41 신이 나와 내 두 어린 자식을 돌보아주지 않는다면 거기에는 그
    만한 이유가 있을 것이다.   -에우리피데스

42 선함과 정의는 내 편이다.   -에우리피데스

43 통곡하는 자와 함께 통곡하지 말며, 흥분한 자와 함께 흥분하지
    마라.

44 "내가 할 수 있는 대답은 이렇다네. 친구여, 가치 있는 인간이란
    삶과 죽음의 전망을 저울질하는 데 시간을 소모해야 한다고 생
    각한다면 잘못이네. 그들이 진정 고려해야 할 일은 자신의 행동
    이 옳은지 그른지 살펴보는 것이라네."   – 플라톤의 《대화편》에서

45 "아테네 시민 여러분! 진실은 이렇습니다. 사람은 스스로 선택
    했든 혹은 명령에 의해서든, 자신의 위치를 구축했다면 버티고
    서서 그 어떤 위험도, 아니 죽음이나 그 어떤 불명예도 굴하지
    말고 나아갈 수 있어야 합니다."   – 플라톤의 《대화편》에서

46 "친구여! 고결함이나 선이 인간의 목숨을 줄이거나 늘릴 수는
    없다는 사실을 생각해보게. 진정 사나이라면 기를 쓰고 수명을
    연장하려 하는 일은 없을 것이네. 자신의 수명이 어느 정도인지
    에 대한 의문은 마음속에서 지워버릴 일이네. 아녀자들의 말마
    따나 그 누구도 운명을 피할 수 없다는 사실을 받아들이고, 오로
    지 신께 모든 것을 맡긴 채 주어진 임무를 최선을 다해 완수하는

데 전념해야 한다네."

- 플라톤의 〈대화편〉에서

47 내 마음에도 행성의 궤도가 있다고 생각하고, 별들의 운행을 지
    켜보라. 물질 분자들이 어떻게 소멸과 생성을 거듭하는지 자주
    생각해보라. 이러한 생각을 하다 보면 언젠가 땅에 묻힐 운명인
    우리네 삶의 찌든 때도 말끔히 씻긴다.

48 플라톤이 말하기를, "인간 세상에 대해 논하려면 저 높은 곳에
    서 지구를 내려다보아야 한다. 화평하게 사는 사람도 있고, 전
    쟁을 벌이는 사람도 있고, 모여서 농사를 짓기도 하며, 결혼하
    고 이혼하고, 태어나거나 죽고, 떠들썩하게 다투는 법정이 있는
    가 하면, 사람이 살지 않는 황량한 곳도 있고, 야만인이 세운 나
    라도 있고, 한쪽에서는 잔치가 벌어지는가 하면 다른 한쪽에서
    는 장례식을 치르고, 그런가 하면 다른 곳에서는 시끌벅적한 장
    이 열린다……. 이 모든 것은 서로 상반된 것들임에도 서로 섞여
    조화를 이루고 있다."라고 했다.

49 과거를 돌아보라. 얼마나 많은 제국들이 흥망성쇠를 거듭하며
    사라졌는지. 이를 보면 미래에 어떤 일이 일어날 것인지 예견하

는 것도 어렵지 않다. 왜냐하면 미래 역시 과거와 같은 일이 되풀이되어 일어날 것이고, 지금까지 나타난 역사의 질서에서 크게 이탈하는 모습을 보이지는 않을 것이기 때문이다. 따라서 인간사를 사십여 년 정도만 지켜보면 수만 년을 지켜본 것이나 다름없다. 더 이상 새로울 것이 없기 때문이다.

50 대지에서 생겨난 것은 모두 대지로 되돌아간다. 하늘에서 생겨난 것은 모두 하늘로 되돌아간다. 원자의 결합체들은 각자 해체와 분해를 거듭하며, 무생물 원자들은 이산을 통해 각자 근원으로 돌아간다.

51 먹고 마시고 주문을 외움으로써 사람들은 죽음이라는 운명의 흐름을 돌려놓으려 한다. 그러나 하늘에서 내린 폭풍을 기꺼이 감내하고, 불평하지 말고 열심히 노를 저어가라.

52 상대방을 쓰러뜨리는 데는 남보다 능하나, 훌륭한 시민도 아니고, 겸손함도 없으며, 특정 상황에서 그것을 견뎌낼 자제력도 없고, 남의 흉허물을 덮어줄 만한 관대함도 없는 사람들.

53 신과 인간이 공감하는 이성에 합당한 일이라면 그 무엇도 두려워할 것이 없다. 인간의 도리에 어긋나지 않는 범위 내에서 그 일을 추진해 공익을 실현한다면 그 무엇도 염려할 것이 없다.

54 늘 그날 일어난 일을 경건하게 받아들이고, 그날 만나는 사람들을 공정하게 대하고, 그날 머릿속에 떠오른 생각을 잘 살펴야 한다. 그 어떤 경우에도 비이성적인 생각이 머릿속에 스며들게 해서는 안 된다.

55 다른 사람의 눈치를 보지 말고, 나의 본성과 자연의 섭리가 이끄는 방향을 보라. 자연의 섭리는 내 주변 환경을 통해 나를 이끌고, 나의 본성은 나의 행동을 통해 나를 이끈다. 모든 존재는 그 존재 목적에 부합하는 임무를 완수해야 하며, 모든 열등한 존재는 우월한 이성적 존재를 지지한다. 이 우월한 이성적 존재들은 서로가 서로를 지지하도록 만들어져 있다.

만물의 영장인 인간의 본성은 첫 번째, 자신의 혈육인 형제자매를 위해 제 할일을 다하는 것이다. 두 번째로 할 일은 충동적인 육신의 유혹을 물리치는 것이다. 인간의 이성과 지성은 동물적 본성인 감각적이고 충동적인 육체적 유혹을 물리칠 수 있는 능력을 타고났다. 우리의 정신은 이러한 감각적 충동의 지배자로써, 충동의 노예가 되려 하지 않는다. 이는 당연한 결과다. 왜냐하면 그 모든 부수적인 것은 정신에 봉사하기 위해 만들어졌기 때문이다. 세 번째는 무분별하고 기만적 행위를 피해야 한다. 정신이 이 세 가지 원칙을 지키며 똑바로 항해한다면 흔들림 없이 목적지에 도달할 수 있을 것이다.

56 내가 지금 죽었다고 생각해보라. 즉 지금 이 순간 내게 주어진 삶이 마감되었다고 가정하는 거다. 그런 다음 내게 덤으로 주어진 시간에 만족하며, 매 순간 자연의 섭리에 순응하며 바르게 살도록 해보자.

57 운명의 실타래가 직조해준 것 외에는 아무것도 욕심 내지 마라. 그 외에 내가 더 바랄 게 무엇이 있겠는가.

58 시련을 당할 때마다 나보다 앞서 같은 일을 당했던 사람, 그 일로 인해 충격과 분노, 비애를 느꼈을 사람들을 생각해보라. 그들은 지금 어디에 있는가? 그 어디에서도 찾아볼 수가 없다. 그러니 그들의 행적을 답습하려 들 필요는 없다. 그들의 일은 그들

에게 맡겨두고, 내게 일어난 시련을 전화위복의 계기로 만드는 데 전념하자. 그리하면 앞으로 내게 어떤 일이 닥친다 해도 두려울 것이 없으며, 고난을 도전의 기회로 삼을 수 있다. 오로지 나 자신에게 닥친 일에만 집중하고, 내가 하는 모든 일에 최선을 다해 보다 나은 사람이 되기로 마음을 다지고, 늘 이를 기억하도록 하자.

59 네 안의 저 깊은 곳으로 파고들어 가라. 그곳에 고귀한 샘이 있다. 계속 파고들어 가다보면 그 샘물이 끝없이 솟아날 것이다.

60 체력을 튼튼하게 단련하여 몸가짐이나 태도에 흐트러짐이 없도록 하라. 성품이 차분하고 지적인 사람은 그 얼굴 표정에도 드러나듯이 우리 육신도 마찬가지다. 하지만 허세로 타인을 기만해서는 안 된다.

61 살아가는 일은 춤추는 것보다는 씨름에 더 가깝다. 따라서 언제 갑자기 닥칠지 모를 공격에 대비해 늘 빈틈없는 '수비 자세'를 갖추고 있어야 한다.

62 누군가에게 인정받기를 원하는가? 그렇다면 네가 인정받기를 원하는 자가 굳은 신념을 지닌 사람인지 아닌지 먼저 살펴보도록 하라. 또한 어떤 생각과 관점을 갖고 있으며, 야망을 품고 있는지도 살펴보라. 그러면 그 사람이 본의 아니게 내게 상처를 준다고 해도 그를 나무라고 싶은 생각이 들지 않을 것이며, 그 사람의 인정을 받고 싶은 생각도 들지 않을 것이다.

63 어느 철학자는 "모든 사람은 본의 아니게 진리와 멀어진다."고 말했다. 여기서 말하는 '진리'란 정의, 자제력, 배려, 혹은 그 외의 다른 덕목에도 그대로 적용되는 말이다. 이 말을 마음속 깊이 새겨두면 사람을 상대할 때 더욱 조심하게 된다.

64 고통에 빠져 있을 때는 다음 사실을 되새겨라. 즉, 고통은 수치스러워할 일이 아니며, 내 내면의 정신세계를 훼손할 수도 없다. 왜냐하면 인간의 정신세계가 지닌 이성적 사회성은 고통 따위로 변질되거나 혼탁해지지 않기 때문이다. 에피쿠로스가 고통에 대해 한 말을 새겨보자. 그는 "고통에도 한계가 있음을 알고, 고통에 따르는 무수한 잡생각을 차단한다면 견뎌내지 못할 것도, 영원히 지속되는 것도 아니다."라고 말했다. 또한 다음 사

실도 잊지 말자. 우리가 비록 깨닫지는 못하지만 나태, 고열, 식욕 상실과 같은 것도 우리를 불편하게 한다는 점에서는 본질적으로 '고통'의 범주에 든다. 그러므로 이러한 것들로 인해 짜증이 난다면 고통에 굴복당했음을 자책할 일이다.

65 비인간적으로 행동하는 사람을 대하더라도 그들과 똑같이 비인간적인 행동을 해서는 안 된다.

66 소크라테스가 텔라우게스보다 더 훌륭한 위인이라고 판단하는 근거는 무엇인가? 이는 소크라테스가 보다 고결한 죽음을 택해서도, 소피스트들과의 논쟁에서 능수능란하게 대처해서도, 추운 밤을 잘 견뎌냈기 때문도, 살라미스의 레온을 체포해 오라는 명령을 양심적으로 거부했기 때문도 아니다. 그리고 비록 의문의 여지가 남아 있긴 하지만, 그가 당당한 태도로 거리를 활보하고 다녔기 때문도 아니다. 이런 사실만으로는 그를 훌륭한 위인으로 판단할 수 있는 근거가 부족하다. 진정으로 따져보아야 할 것은 '소크라테스가 어떤 정신의 소유자인가?'이다. 나아가 굳건한 신앙심으로 신을 경배했는가? 인간사회의 가장 큰 덕목을 정의正義라고 생각했는가? 타인의 악행에 광분하지 않고, 무지

에 굴복하는 행위를 피했는가? 운명이 자신에게 준 몫을 아무런 불만 없이 받아들였는가? 감각적 유혹에 마음을 빼앗기지 않았는가? 등도 따져보아야 한다.

67 자연의 섭리로 인간은 정신과 육신이 하나로 단단히 엮여져 태어난다. 하지만 정신은 육신에 얽매이기를 거부하고 제 자신이 있어야 할 위치를 지키며, 육신이라는 한계 속에 머무르는 일이 없다. 우리가 미처 깨닫지는 못하지만 정신은 신성과 많은 공통점이 있다. 그러니 늘 이 사실을 명심하라. 또한 행복한 삶을 영위하는 데 필요한 것은 그리 많지 않다. 비록 논쟁에서 지거나 과학적 지식이 부족하다고 해서 자유, 자부심, 애타심, 신에 대한 절대적 복종 등을 실현할 수 없는 것은 아니니 절망할 이유는 없다.

68 온 세상이 내게 귀가 멀 정도로 많은 것을 요구하며 외쳐대더라도, 들판의 야수가 내 여린 육신을 갈가리 찢어 삼키더라도, 흔들리지 말고 마음의 평정을 유지하라. 그 무엇도 내 마음의 평화를 깨뜨릴 수는 없다. 그 무엇도 내 이성적 분별력을 떨어뜨릴 수 없으며, 그 어떤 시련도 내가 새로운 기회를 얻는 것을 방해

하지 못한다. 그러니 나의 분별력으로 하여금 시련에게 외치게 하라. "세상 사람들이 뭐라고 하든 이것이 나의 본질이다." 나의 사명감으로 하여금 기회에게 외치게 하라. "내가 찾았던 것이 바로 너다." 지금 이 순간은 인류애를 실현하기에 더없이 좋은 기회다. 한마디로 신과 인간 모두에게 합당한 일을 실현할 수 있는 최적의 기회다. 신과 인간 모두에게 부적합한 일은 절대 나에게 일어나지 않는다. 정례에서 벗어난 예외적인 일이나 이해 불가능한 일은 내게 일어나지 않는다. 모든 일은 마치 오랫동안 알고 지낸 벗처럼 나를 찾아올 것이다.

69 완벽한 도덕적 성품을 갖추려면 매일매일을 나의 마지막 날이라고 생각하고, 지나친 흥분이나 냉담함, 위선적인 행동을 삼가라.

70 불멸의 신들은 영겁의 세월을 지나는 동안 다양한 종류의 인간들을 봐왔을 것이다. 그러나 신들은 인간이 어떤 행동을 하든 화내는 일 없이 너그럽게 용서하고, 지극정성으로 보살펴주었다. 그런데 머지않아 죽을 운명인 우리는 같은 처지에 있는 이웃의 잘못에 대해 너무나 쉽게 진저리를 치고 인내심을 잃고 만다.

71 타인의 악행을 완전히 차단하고 산다는 것은 불가능한 일이다. 하지만 내가 악행을 저지르지 않는 것은 가능하다. 그럼에도 가능한 일은 하지 않고 불가능한 일만 바라는 것은 어리석은 자세다.

72 나의 이성적 본성과 사회적 본성은 비이성적이고 반사회적인 것을 보면 그것이 나의 본성에 비해 열등하다는 명판결을 내린다.

73 내가 누군가에게 선행을 베풀고, 그가 내 선행의 혜택을 입었으면 그것으로 충분함에도 불구하고 왜 바보처럼 자신의 선행에 대한 칭찬이나 보답 따위를 받으려 드는가!

74 나를 이롭게 하는 것에 싫증 내는 사람은 없다. 이로운 것은 자연의 순리에 따르는 행동에서 나온다. 그렇다면 타인을 이롭게 하는 행위를 통해 받는 은혜를 역겨워하지 마라.

75 세상은 우주 본성의 의지에 따라 질서 정연하게 만들어졌다. 그 후에 일어나는 모든 일은 논리적인 인과관계에 따른 필연이

거나 아무런 법칙도 지배도 받지 않는 우연에 지나지 않는다. 아무리 지배적 이성이 우리를 지상 최고의 목적을 지향케 하는 것처럼 보일지라도 말이다. 따라서 그 어떤 일을 당하더라도 이것은 필연이 아니면 우연이라고 생각하면 보다 마음이 편해질 것이다.

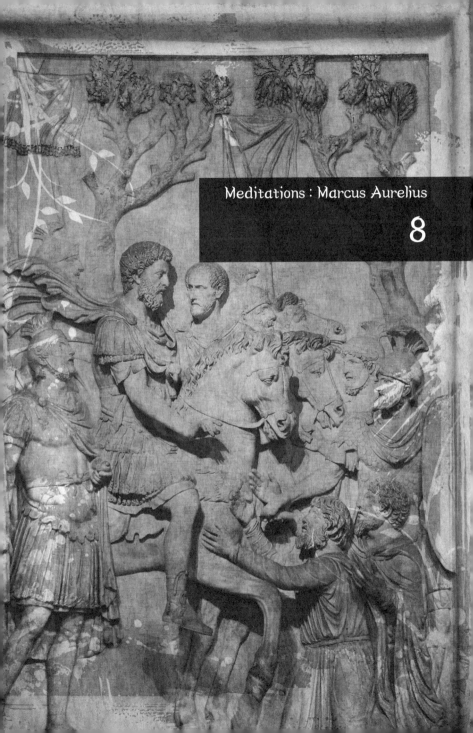

Meditations : Marcus Aurelius

8

1   그 누구도 평생을 철학자로 살았노라고 자신 있게 말할 수 없을 것이다. 어른이 되고 난 뒤 철학자다운 삶을 영위하는 것은 더욱 어렵다. 오늘날 나 자신은 물론 주변 사람들 역시 철학과는 거리가 먼 삶을 살고 있다. 나의 정신은 혼탁해져서 철학자라는 말을 듣기가 점점 곤란해 보인다. 게다가 최근 내가 처한 입지는 철학과 가까워지는 것을 더욱 방해하고 있다.

이제 이러한 현실을 직시했다면 '다른 사람의 눈에 내가 어떻게 비칠 것'인가라는 문제에 전전긍긍하기보다는 남은 생을 자연의 순리에 맞게 사는 것에 만족하라. 그렇다면 먼저 자연의 순리에 맞게 사는 것이 무엇인지 살피고, 그 외의 일에는 한눈을 팔지 않도록 하라. 나는 지금까지 행복을 찾아 방황했으나 결국 찾은 것은 헛된 것뿐이었다. 행복은 명예, 부, 쾌락, 삼단논법 같은 것에서는 찾을 수 없다는 사실을 알게 되었다. 그렇다면 행복은 어디에 있는 걸까? 인간의 본성이 요구하는 행동에 있다. 그렇다면 어떻게 해야 하는가? 나 자신의 확고한 신념에 따라 행동하고 사고하는 것이다. 그 신념이란 무엇인가? 무엇이 선이고 무엇이 악인지 그 원리를 아는 것이다. 선은 인간을 정의롭고, 겸손하고, 당당하고, 자유롭게 하는 것이다. 이에 반하는 것은 모두 악이다.

2 어떤 행동을 할 때는 반드시 그 행동이 내게 어떤 영향을 미칠 것인지, 나중에 마음이 변해 후회하게 될 행동은 아닌지 자문해 보도록 하라. 하지만 나는 머지않아 죽을 것이고, 모든 것은 사라진다. 그러므로 스스로 자문해야 할 것은 단 하나다. "이 행동은 이성적이고 사회적 존재로서 책임 있는 행동이며, 신의 말씀에 어긋나지 않는가?"라고 말이다.

3 알렉산드로스, 카이사르, 폼페이우스 등은 디오게네스, 헤라클레이토스, 소크라테스 등과 비교해 어떤 점이 다른가? 뒤에 언급한 인물들은 모든 사물의 원인과 본성을 탐구했다. 게다가 오

로지 자신의 신념에 따라 살았다. 그러나 그 외의 사람들은 끝없는 번뇌와 속박에 얽매여 살았다.

4 내 심장이 터져 죽는다고 해도 사람들은 여전히 하던 일을 계속할 것이다.

5 내 삶의 가장 중요한 원칙은 동요하지 않는 것이다. 그 외의 모든 것은 자연의 법칙에 따를 것이다. 자연의 첫 번째 법칙은 나 역시 머지않아 히드리아누스나 아우구스투스처럼 흔적도 없이 사라질 운명이라는 것이다. 두 번째 법칙은 내가 당면한 일에만 모든 정신을 쏟아야 한다는 것이다. 내 삶의 의무는 선량한 인간이 되는 것이다. 그리고 자연이 인간의 본성에 요구하는 일을 주저하지 않고 실천하리라. 늘 올바르다고 생각되는 말을 하되, 선한 의도로, 겸손하고 거짓 없이 말하리라.

6 자연은 이런저런 것을 혼합하고, 뒤섞고, 변화시키고, 이곳에서 저곳으로 옮기는 특성이 있다. 그러니 전혀 예기치 못했던 새로운 환경이 조성된다 해서 두려워할 필요는 없다. 늘 그래왔던 것처럼 모든 것은 균형을 맞추기 위해 공평하게 분배된다.

7   자연에서 생겨난 모든 것은 자신이 가야 할 길을 순조롭게 전진
    해 가는 데서 만족을 얻는다. 이성적 존재들은 이렇게 이행해 가
    는 중에 거짓이나 불확실한 것을 거부하고, 공익을 위한 행동만
    을 고집한다. 또한 욕망이나 증오심은 자신의 권한 내에서만 한
    정하며, 자연이 베푼 향연을 만족스럽게 받아들인다. 우주의 모
    든 피조물은 세상을 지배하는 자연의 한 부분이다. 마치 나뭇잎
    이 나무의 한 부분인 것처럼. 단지 나무는 감각도 이성적 본질도
    없으므로, 이성적 본질을 지닌 인간에 비해 열등하다. 따라서
    인간의 본성은 좌절을 딛고 일어설 수 있으며, 이성적이고 정의
    롭다. 자연은 모든 인간에게 알맞은 시간, 실체, 원인, 활동, 기
    회 등을 균등하게 할당했다. 하지만 이 모든 것들이 각각의 사람
    들에게 공평하게 주어졌는지 개별적으로 비교해서는 안 된다.
    어느 한 사람에게 주어진 모든 것의 전체를 다른 사람에게 주어
    진 모든 것의 전체와 총체적으로 비교해서 검토해보아야 그것
    을 알 수 있다.

8   학문에 정진할 만한 여유도, 글을 이해할 만한 능력이 부족한 사
    람도 자신의 오만함은 꺾을 수는 있다. 또한 쾌락과 고통에 굴복
    하지 않고, 인기에 영합하지 않으며, 무지하고 감사할 줄 모르

는 사람들에게 관대하게 대하는 것은 물론 그들을 아끼고 보듬
어 줄 만한 능력도 있다.

9   나 자신을 포함해 그 누구의 귀에도 나의 황실 생활을 비난하는
     소리가 들리지 않도록 하라.

10   회개란 무엇인가. 좋은 기회를 놓친 것에 대한 일종의 통탄이
     다. 선한 것은 늘 유익하다. 그러기에 그것은 모든 선량한 사람
     들의 최대 관심사다. 하지만 쾌락을 누릴 기회를 놓쳤다고 후회
     하는 사람 가운데 선량한 사람은 없다. 그러므로 쾌락은 선하지
     도 유익하지도 않다.

11   이것의 본질은 무엇인가? 이것이 가진 본질, 실체, 존재 이유는
     무엇인가? 이 세상에서 어떤 역할을 하는가? 얼마나 오래 현존
     할 것인가……. 매사에 이런 질문을 해보도록 하라.

12   잠자리에서 일어나는 일이 귀찮다는 생각이 들면, 잠을 잔다는
     것은 비이성적인 짐승도 하는 일이지만 일터로 나가 사회 활동
     을 하는 것은 이성적 본성을 지닌 인간만이 하는 일임을 기억하

라. 또한 자신의 본질에 충실한 것보다 옳고 바람직한 일은 없으며, 그보다 더 큰 만족을 주는 일이 없다는 사실을 기억하라.

13 마음속에 어떤 생각이 떠오를 때마다 사물의 이치, 도덕적 성찰, 논리적 분석을 하도록 하라.

14 누군가를 대할 때는 상대의 옳고 그름의 판단 기준이 무엇인지 생각해보라. 또한 그 사람이 쾌락과 고통에 대해 갖고 있는 관념을 알라. 그리고 명예와 수치, 삶과 죽음 등에 대한 견해도 알게 되면 그 사람이 어떤 행동을 해도 놀랍다거나 생소하다는 생각이 들지 않을 것이다. 또한 그 사람은 그런 행동을 할 수밖에 없음을 이해하게 될 것이다.

15 무화과나무에서 무화과가 열리는 것이 당연하듯, 우리가 사는 세상에서 벌어지는 이런저런 일에 대해 놀라워하거나 수치스러워 할 이유도 없다. 훌륭한 의사는 환자가 고열 증상을 보인다고 해서 놀라지 않으며, 선장은 역풍이 분다고 해서 당황하지 않는다.

16 　내 잘못을 계속 고집하는 것도 자유지만, 내 마음을 고쳐먹는 것, 내 잘못을 지적해주는 이의 말을 따르는 것 역시 나의 자유다. 왜냐하면 이러한 행동은 나 스스로의 각성, 판단, 결정에 따라 하는 것이기 때문이다.

17 　그 일의 선택권이 나에게 있다면 왜 그 일을 했는가? 만약 그 권한이 내게 있지 않다면 누구에게 잘못을 뒤집어씌울 것인가? 사람의 힘으로 막을 수 없는 불운을 비난할 것인가, 아니면 신을 비난할 것인가? 비난한다는 것은 어리석은 짓이다. 그 누구도 비난해서는 안 된다. 지금이라도 늦지 않았다면 그 원인을 바로잡으면 되고, 그 원인을 바로잡을 수 없다면 잘못 그 자체를 바로잡으면 된다. 그것마저 할 수 없다면 잘잘못을 따져서 무슨 소용이 있겠는가? 아무 목적 없는 행동은 하지 않는 것이 좋다.

18 　죽는다고 해서 이 세상천지에서 완전히 사라지는 것이 아니다. 죽은 후에도 형질이 바뀐 상태로 우주의 일부로 남게 된다. 그리고 이처럼 형질이 바뀐 원소는 아무런 불평 없이 또다시 변화의 과정을 거쳐 간다.

19　말馬이며 포도덩굴을 비롯한 세상 모든 피조물은 나름의 존재 목적이 있다. 이는 전혀 놀랄 일이 아니다. 태양도 "내가 여기서 해야 할 일이 있다."고 할 것이고, 신 역시 마찬가지다. 그렇다면 나의 존재 목적은 무엇인가? 쾌락을 위해서인가? 스스로 질문해본 다음 두 번째 질문에 수긍할 수 있는지 생각해보라.

20　공을 던지는 사람은 공이 얼마나 높이 올라, 어떻게 날아서, 어디에 착지할 것인지 계산한다. 자연도 이와 마찬가지로 매사에 시작단계와 중간단계는 물론 완료단계에 이르기까지 이루고자 하는 목표가 있다. 공이 무조건 위로 비상한다고 해서 더 훌륭한 것이 아니고, 공이 땅으로 추락하여 떨어져 뒹군다고 해서 더 비참해지는 것도 아니다. 물방울이 온전한 형태를 유지하고 있다고 해서 뭔가를 얻는 것도 아니며, 물방울이 흘러내린다고 해서 뭔가를 잃는 것도 아니다. 촛불도 마찬가지다.

21　언젠가는 사라져 갈 내 육신이 겪을 숙명을 생각해보라. 그 모습이 어떠할 것인지. 나이 들었을 때, 병들었을 때, 혹은 죽어 부패했을 때를 상기해보라. 명예를 누리던 사람, 그 명예로운 자를 우러러보던 사람, 기억되는 사람, 기억하는 사람, 이 모두가 얼

마나 허망한가. 우리는 세상천지의 한 귀퉁이에서 늘 서로 반목하며 아등바등 살아간다. 우리가 사는 이 세상도 알고 보면 우주의 조그만 점 하나에 불과하다.

22 업무든, 행동이든, 신념이든, 의견이든 내가 직면한 현실에 모든 것을 집중하라. 오늘의 난관은 오늘 극복하라. 그러나 많은 사람들이 오늘 맞닥뜨린 일이 잘되도록 애쓰는 대신 내일 형편이 좀 더 나아지기를 바란다.

23 내가 하는 모든 일은 인류에 보탬을 주기 위한 것이다. 내가 당하는 모든 고통은 그 근원인 신과 자연의 섭리에 순응하는 일이므로 겸허하게 받아들여야 한다.

24 대중목욕탕을 떠올리면 오일, 땀, 때 그리고 그 밖의 지저분한 것들이 머릿속에 떠오를 것이다. 삶 역시 이와 마찬가지로 역한 기억들로 차고 넘친다.

25 루킬라는 베루스가 죽는 것을 지켜보았지만 그녀 역시 머지않아 죽었다. 세쿤다는 막시무스가 죽는 것을 지켜보았지만 그녀

역시 머지않아 죽었다. 에피틴카누스는 디오티무스가 죽는 것을 지켜보았지만 그 자신도 머지않아 죽었고, 안토니누스는 파우스티나가 죽는 것을 지켜보았지만 그 자신도 머지않아 죽었다. 켈레르는 하드리아누스가 죽는 것을 보았지만 그 자신도 머지않아 죽었다. 카라크스를 비롯하여, 플라톤학파의 데메트리우스, 에우다이몬, 그 외에 그들과 비슷한 현자들, 선견지명이 있었던 자들, 기세가 등등했던 위인들이 지금은 어디로 사라졌는가? 모두 짧은 일생을 마치고 오래전에 죽고 말았다. 그 가운데 어떤 사람은 세인들의 기억에서 사라져버렸고, 어떤 사람은 전설 속의 위인으로 남았으며, 어떤 사람은 전설로도 남지 않았다. 나의 육신 또한 언젠가는 해체될 것이고, 내 연약한 육체에 생명을 불어넣는 숨도 끊어지거나 어딘지 모를 곳으로 옮겨져 갈 것임을 기억하라.

26 인간은 누구나 인간다운 행동을 하는 데서 만족을 얻는다. 인간다운 행동이란 무엇인가? 타인에게 친절하고, 감각적 쾌락을 멀리하며, 외관에 현혹되어 판단을 그르치는 일 없이 매사 심사숙고해 올바른 판단을 내리고, 세상에서 일어나는 모든 일과 그 세상을 지배하는 자연의 순리를 늘 살펴보는 것이다.

27 내가 맺은 관계는 세 종류가 있다. 첫 번째는 내 육신과의 관계, 두 번째는 세상 모든 것의 근원인 신과의 관계, 세 번째는 나와 함께 더불어 살아가고 있는 주변 사람들과의 관계다.

28 고통은 육신을 피폐하게 만든다. 육신이 고통으로 괴로워한다면 육신으로 하여금 고통을 증오한다고 하소연하게 하라. 하지만 제아무리 육체적 고통이 크다 할지라도 정신의 평온을 깨뜨릴 수는 없으며, 괴롭힐 수도 없다. 악을 악으로 인정할 것인지 말 것인지에 대한 판단은 정신이 내리며, 모든 욕망과 고뇌와 증오에 대한 판단도 정신이 내리기 때문이다. 그 어떤 악도 육체의 내면에 거하는 정신을 침범할 수는 없다.

29 그 어떤 악이며 혼동, 욕망도 내 영혼에 스며들지 못하도록 차단하라. 만물의 본질을 진실되게 파악하고, 그것이 지닌 유용한 가치를 활용하라.
"자연이 네게 준 권리를 잊지 말라."는 문구를 끊임없이 주입시킴으로써 마음속의 잡념을 지워버리도록 하라.

30 누군가에게 말을 할 때는 꾸밈없고, 솔직하고, 분명하게 하라.

높은 자리에 있는 사람이든 평범한 시민을 만나든 간에.

31 아우구스투스가 궁궐에 함께 살았던 사람들을 생각해보라. 조부, 형제자매, 아내와 자식들, 친척, 친구, 아그리파, 아레이우스, 마이케나스, 의사, 성직자 등 그와 함께 한 모든 왕실 사람들은 죽고 없어졌다. 그 외의 사람들을 생각해보라. 일개 개인의 죽음은 물론 폼페이우스 가문처럼 일가족이 전멸당한 경우를 생각해보라. 폼페이우스 가문의 비석에는 '마지막 혈육'이라는 묘비명이 새겨져 있다. 그처럼 대를 이으려고 애썼던 사람들도 결국 마지막 혈육을 남기고 사라져 갔다. 그렇다면 전 인류의 종말에 대해 생각해보자.

32 나의 임무는 늘 참된 것을 지향하며 행동하는 것이다. 나는 내가 해야 할 임무를 최선을 다해 완수했을 때 만족을 얻으며, 그 누구도 이를 방해할 수는 없다. 때로는 외부의 장애에 부딪칠 때도 있다. 하지만 그 무엇도 내가 주체적이고, 정의로우며, 맑은 정신으로 행하는 사려 깊은 행동을 방해할 수는 없다. 행여 불가항력적인 힘에 부딪쳐 방해 받을 수는 있다. 그럴 경우에는 그 불가항력의 힘을 인정하고 시야를 넓혀 당면 문제를 해결하려고

노력하다 보면 더 이상 방해 받는 일 없이 임무를 완수할 수 있을 것이다. 이때 힘껏 노력하여 앞으로 정진하면 된다.

33 주어지면 겸허하게 받고, 포기해야 할 때는 의연하게 포기하라.

34 손이나 발 혹은 머리가 육신에서 떨어져 나와 뒹구는 것을 본 적이 있는가? 자신의 일에 불만을 품은 사람, 주변 사람과의 반목으로 절연한 사람, 반사회적이고 이기적인 행동을 하는 사람들이 바로 이런 처지를 당했다고 볼 수 있다. 이들은 자연이라는 온전한 구성체에서 이탈하게 된 것이다. 하지만 희망은 있다. 인간은 누구나 다시 과거의 온전한 모습을 되찾을 수 있는 능력이 있기 때문이다. 신은 천하의 만물 가운데 오로지 인간에게만 이런 능력을 주셨으니, 누구라도 잠시 온전한 인격체에서 이탈했더라도 마음만 먹는다면 본래의 모습을 되찾을 수 있다. 자연은 애초에 인간을 온전한 구성체의 일부로 만들었기 때문에 잠시 구성체에서 이탈했더라도 다시 원상 복귀가 가능한 것이다. 이처럼 인간을 존엄하게 만드신 선하신 신께 경배하라.

35 세상만물을 다스리는 대자연은 인간이라는 이성적 존재에게도

자신의 능력을 부여해주었다. 이때 순리를 어지럽히거나 역행하는 것은 모두 돌려세워 원래의 제자리를 찾아준 다음 순리에 따르도록 했다. 따라서 이성적 존재인 인간은 어떤 장애물을 만나더라도 이를 자양분 삼아 자신의 지향점을 향해 나아갈 수 있다.

36 전 생애를 돌아보며 상념에 사로잡히지 마라. 또한 앞으로 살아가면서 겪게 될 난관을 미리 걱정하며 심란해하지 마라. 대신 어떤 고난과 맞닥뜨리더라도 "어째서 이것을 감당해내지 못할 것이라고 생각했는가?"라고 자문해보라. 차마 부끄러워 대답을 하지 못할 것이다. 그런 다음 과거나 미래에 연연해하지 말고 오로지 현재에만 충실하라. 자신의 능력이 한계가 없다고 생각하면 어깨를 짓누르는 마음의 짐도 덜 수 있을 것이다. 그러나 현재 자신이 맞닥뜨린 현실에 자신감을 갖지 못하면 사소한 일도 큰 문제처럼 여겨져 견딜 수가 없게 된다.

37 판테이아나 페르가무스는 지금도 주인인 베루스의 무덤을 지키고 있는가? 카우리아스나 디오티모스는 지금도 하드리아누스의 무덤 옆에서 그의 죽음을 애도하고 있는가? 이 얼마나 한심

하기 짝이 없는 소리인가. 설령 생전에 가까웠던 사람들이 그들의 무덤을 지키며 애도한다 할지라도 과연 죽은 사람들이 이것을 알아주기나 할까? 설령 죽은 사람들이 그것을 알아준다고 한들 그들이 애도하는 것을 좋아하기나 할까? 설령 애도하는 것을 좋아한다고 한들 죽은 목숨이 되살아나기나 할까? 문제는 이처럼 무덤을 지키며 애도하던 사람들도 결국은 늙어 죽음을 맞이할 수밖에 없는 운명을 타고났다는 사실이다. 애도하던 사람들이 죽고 나면 애도의 대상이 되었던 사람들은 어떤 모습을 하고 있을까. 육신이 완전히 부패하여 썩은 냄새를 풍기며 무덤 속에 누워 있을 것이다.

38 현자인 크리토는 "눈이 있는 자는 이러한 현실을 똑바로 직시하라."고 했다.

39 나는 이성적 동물인 인간에게서 정의에 항거하는 미덕은 보지 못했으나 쾌락에 항거하는 미덕은 볼 수 있었다. 바로 절제다.

40 나에게 고통을 안겨주었다고 생각되는 것에 대한 피상적 관념을 떨쳐버려라. 그러면 완벽한 평온을 얻을 수 있을 것이다. 여

기서 '나'란 누구인가? 이성이다. 하지만 나는 이성만으로 이루
어진 존재가 아니다. 그렇다면 이성만이라도 고통에서 벗어나
게 하라. 하지만 이성 이외의 부분이 고통을 겪는다면 그것에 관
해 생각하는 것을 허용하라.

41 육체적 활동이 가능한 동물의 본성상 감각적 인식을 방해하는
    것은 악조건이며, 욕망에 따른 활동을 방해하는 것 역시 악조
    건이다. 식물에게도 이처럼 그 본질에 방해가 되는 악조건이
    있다. 같은 논리로, 이성적 존재에게는 정신 활동을 방해하는
    모든 것은 나쁘다. 이 원리를 다음 내용에 적용해보라. 고통이
    나 감각적 쾌락이 나를 사로잡고 있는가? 그렇다면 감각으로
    하여금 그 문제를 해결하게 하라. 목표를 향해 노력하는 나를
    방해하는 장애물이 있는가? 만약 내가 장애물을 만나게 될 가
    능성을 전혀 염두에 두지 않고 일을 추진했다면, 분명 이성적
    존재는 그 장애물을 악조건이라고 여길 것이다. 하지만 순리적
    으로 생각해보면, 나는 그 장애물로 인해 방해 받지도, 상처를
    입지도 않았다. 그 누구도 인간의 정신활동을 방해할 수 없기
    때문이다. 불이며 쇠, 폭군, 고문 등 그 어떤 것도 인간의 정신
    활동을 방해할 수 없다. 원형으로 만들어진 정신은 언제까지나

원형을 유지한다.

42 나는 그 누구도 의도적으로 괴롭힌 적이 없다. 그러니 나 스스로
를 괴롭히는 것도 잘못된 일이다.

43 사람마다 즐거워하는 일이 각기 다르다. 나의 경우, 나를 지배
하는 이성을 온전하게 따르며, 다른 사람의 고통을 모른 척하지
않으며, 내 눈에 보이는 모든 것을 철저하게 검토한 뒤 받아들이
며, 그 모든 것들을 제각각의 가치에 따라 적절하게 사용하는 데
서 즐거움을 얻는다.

44 현재라는 선물을 마음껏 누려라. 사후의 명성을 추구하는 사람
들은 분명히 알아야 한다. 내가 죽고 난 뒤에 태어나 살아갈 사
람들 역시 지금 나를 성가시게 하는 사람들과 같은 부류일 것이
며, 너나 할 것 없이 결국은 죽을 운명이라는 사실 말이다. 이런
사정을 안다면 내가 죽은 뒤 후세 사람들이 나에 대해 어떤 생각
을 하고, 어떤 말을 하는가가 나에게 무슨 상관이란 말인가?

45 원한다면 얼마든지 나를 데려가 내동댕이쳐보라. 내가 어떤 일

을 당하건 내 내면에 거하는 신성한 이성이 타고난 본성에 충실하게 따르는 한 나는 이에 만족하며 평화롭게 지낼 것이다. 그 무엇이 나의 영혼을 잠식하여 비겁하고 타락한 인간으로 만들 수 있단 말인가. 여기에 대해 충분히 납득할 만한 이유는 어디에서도 찾을 수 없다.

46 인간의 조건에 적합하지 않는 일은 절대 우리에게 일어나지 않는다. 황소, 포도덩굴 심지어 돌멩이조차도 그들의 본질을 벗어나는 일은 당하지 않는다. 이 세상의 모든 존재가 경험하는 것은 그 존재의 특성상 당연한 일이므로, 그것에 대해 불평해서는 안 된다. 인간은 물론 모든 피조물의 근원이자 지배자인 자연은 각각의 개별 존재가 감당할 수 없는 시련은 주지 않는다.

47 외부의 일로 고통을 받는다면, 고통을 주는 것은 외부의 일이 아니라 그것을 대하는 나의 태도다. 나에게 잘못된 태도를 바로 잡으려는 의지가 있다면 얼마든지 그것을 고칠 수 있다. 만약 문제의 원인이 나의 성격에 있다면, 고통을 초래하는 성격을 바로잡으면 된다. 그 누구도 이 일을 방해할 수는 없다. 만약 원하는 일을 이루지 못해 고통 받는다면, 불평하는 대신 열심히 노력하면

되지 않는가? 만약 도저히 어찌해 볼 수 없는 불가항력적 장애물이 가로막고 있다면? 그래도 애통해할 필요 없다. 내가 어찌해볼 수 없는 일이 원인이라면 더 이상 괴로워하지 마라. 바라던 일을 이룰 수 없어 살아야 할 이유가 없어졌다면 담담하게 생을 마감하라. 그 어떤 장애에도 불구하고 당당히 맞서 싸우다가 죽음을 맞이한 사람처럼.

48 정신은 중심이 잘 잡혀 있고, 나의 의지에 반하는 행동을 단호하게 거부했을 때 그 무엇에도 굴복되지 않는다. 게다가 심사숙고한 뒤 이성적인 판단을 내린다면 금상첨화다. 자유로운 정신은 모든 감각적 충동과 격정으로부터 우리를 지켜주는 요새와 같다. 어떤 유혹이나 난관에 부딪치더라도 내 내면의 요새로 뛰어들어 안전을 도모할 수 있으니 얼마나 든든한가. 이러한 사실을 모르는 자는 무지한 사람이고, 이를 알면서도 내면의 요새로 피신하지 않는 사람은 불행한 사람이다.

49 처음 인식하게 된 사실 외에 또 다른 생각을 그것에 보태려 하지 마라. 누군가가 내 험담을 하고 돌아다닌다는 소문을 들었다고 가정해보자. 내가 전해 들은 것은 이 말뿐, 그 누구에게서도 그

험담으로 인해 내 위신이 추락했다는 소문을 들은 적이 없음에도 불구하고 행여 명예를 잃지 않을까 노심초사할 필요는 없다. 내 자식이 아프다는 것은 눈으로 보아 알 수 있지만, 내 자식의 생명이 위독하다는 것은 눈으로 인식할 수 있는 것이 아니다. 그러므로 처음 인식하여 알게 된 사실만 받아들이고, 더 이상의 추측과 새로운 생각을 덧입히지 않는다면 모든 것이 순조로울 것이다. 아니면 최소한 이 모든 것은 언젠가는 지나갈 일이라는 세상의 순리를 다시 한 번 되새겨보라.

50　오이 맛이 쓰면 버리면 되고, 앞길에 가시덤불이 놓여 있다면 피해 가면 그만이다. 이런 걸 두고 "왜 이런 것들이 세상에 생겨났을까?"라고 투덜거리지 마라. 자연의 이치를 아는 사람이 들으면 웃을 일이다. 목수의 작업실에 톱밥이 널려 있다고, 혹은 제화공의 작업실이 가죽 조각들로 지저분하다고 투덜거린다면 그들로부터 비웃음을 사게 되는 것과 같은 이치다. 목수나 제화공은 작업 과정에서 나오는 쓰레기를 적당한 곳에 버릴 수 있지만, 자연 세계에서는 삶의 과정에서 생성되는 불필요한 쓰레기를 처리할 마땅한 장소가 없다. 그러나 자연은 기적같이 놀라운 섭리를 행하여, 주어진 환경에서 낡았거나 오래되어 쓸모가 없어

진 것들은 변천을 통해 새로운 피조물을 창조하신다. 그러므로 전혀 새로운 물질을 외부에서 들여와야 할 필요도, 제 몫을 다한 쓰레기를 버릴 장소도 필요로 하지 않는다. 자연은 자신만의 공간, 자원, 그리고 능력으로 충분히 문제를 해결하고 있다.

51 조심성 없는 태도, 조리 없는 말, 막연한 추측, 산만한 정신, 과격한 행동, 여유 없는 삶……. 이러한 것들과 멀어져라. 누가 내 목숨을 빼앗고, 내 사지를 찢어발기고, 내게 입에 담을 수 없는 모욕을 가한다 해도 내 마음속의 정결, 순수, 겸손, 정의를 어떻게 손상시킬 수 있단 말인가. 맑게 흐르는 시냇물 가에 서서 아무리 지독한 욕설을 퍼붓는다 해도 물은 아무런 동요 없이 흐를 것이다. 흐르는 물에 제아무리 더러운 오물이나 진흙을 쏟아붓는다 해도 그 어떤 흔적도 남기는 일 없이 말끔히 실어간다. 그렇다면 우리는 어떻게 해야 고여 썩는 물이 아니라 영원히 흐르는 시냇물 같은 사람이 될 수 있을까? 내가 내 인생의 주인이 되어 매 순간 자비, 소박, 겸손을 실천하며 사는 것이다.

52 우주의 본질을 알지 못하는 사람은 자신이 어디에 있는지조차 모른다고 할 수 있다. 우주가 뜻하는 바를 알지 못하는 사람은

우주라는 존재는 물론 자기 자신의 존재에 대해서도 무지한 사람이다. 이런 무지한 사람은 자기가 왜 이 지상에 존재하는지 그 이유조차 설명할 수 없다. 이처럼 자신이 있는 위치도, 자신의 존재 목적이 무엇인지도 알지 못하는 다수의 사람들로부터 박수갈채를 받기 원하는 사람이 있다면 그는 어떤 사람일까.

53 한 시간에 서너 번씩 자신에게 욕을 해대는 사람들로부터 칭송받기를 원하는가? 자기 자신에게조차 만족할 줄 모르는 사람의 마음을 얻고 싶은가? 하는 일마다 후회하는 사람이 과연 자기 자신에게 만족하기나 할까?

54 숨을 쉬는 행위만이 자신을 둘러싸고 있는 대기 환경과 조화를 이루는 것은 아니다. 사람들은 이성을 통해 세상 만물의 근원인 자연의 섭리와 조화를 이루고 있다. 숨을 쉬는 자라면 누구나 공기를 들이마시듯이 이성의 힘 역시 자연의 섭리에 의해 언제 어디서나 필요한 것을 얻을 수 있다.

55 인간의 보편적 사악함은 우주 자체에 재앙을 가져다줄 수는 없다. 한 개인의 사악함 역시 타인에게 화를 입힐 수 없다. 사악함

으로 인해 손해를 보는 사람은 사악한 행실을 저지른 본인이다. 하지만 그 역시 보다 나은 선택을 통해 죄악에서 벗어날 수 있다.

56 내 이웃의 자유의지는 내 이웃이 들이마시는 숨이나 살점처럼 나의 자유의지와는 무관하다. 비록 우리는 상호 의존적인 존재이긴 하지만 각 개인이 지닌 이성이 지배하는 영역은 각자에게 주어진 삶에 한정되어 있다. 그렇지 않았다면 내 이웃의 사악함이 분명 나에게 재앙을 가져다주었을 것이다. 하지만 신은 다른 사람으로 인해 내가 불행을 당하도록 하지 않았다.

57 우리는 햇빛을 두고 흔히 "햇빛이 쏟아져 내린다."고 말하지만 사실 햇빛은 사방 천지로 퍼져나가는 것이다. 하지만 이는 액체나 가루처럼 퍼져나가 사라지는 것이 아니라, 실처럼 줄줄 내려온다. 이런 연유로 우리는 태양이 내뿜는 빛줄기를 광선光線이라고 부른다. 햇빛의 이러한 성질을 알아보려면 어두운 방으로 스며드는 빛줄기를 좁은 구멍을 통해 관찰해보라. 가녀린 빛줄기는 곧게 틈 사이로 들어오다가 방해물과 맞닥뜨리면 그곳에 머문다. 빛은 장애물과 맞닥뜨렸다고 해서 쓰러지거나 추락하지

않는다.

우리의 이성 역시 빛줄기처럼 사방으로 퍼져 나가야 한다. 사방으로 퍼진다는 것은 제멋대로 흩어져 사라지는 것이 아니라 확장되어 뻗어나가는 것을 의미하며, 어떤 장애물을 만나더라도 폭력을 휘두르거나 격렬한 충돌을 일으키지 않는다. 그런 가운데 낮은 곳으로 내려와 그곳을 환하게 비춰준다. 이처럼 자신의 이성이 태양 광선처럼 빛을 발하는 것을 거부한다면 내면의 어둠은 피할 수 없다.

58 죽음이 두려운 것은 모든 감각적 상실, 또는 전혀 낯선 감각을 경험하는 것이 두렵기 때문이다. 사실 현실적으로 보면 죽음 이후에는 어떤 감각도 느끼지 못할 것이 분명하므로 죽는다는 것은 나쁠 것도 좋을 것도 없다. 그리고 전혀 낯선 감각을 경험한다는 의미는 새로운 피조물로 재탄생한다는 것을 의미하므로, 나의 삶이 영영 끝나는 것이 아니다.

59 인간은 상부상조하도록 만들어졌다. 그러므로 다른 사람들을 일깨울 수 있으면 일깨우고, 그렇지 못하면 그러려니 하고 살아야 한다.

60   화살이 움직이는 방식과 인간의 마음이 움직이는 방식은 전혀 다르다. 마음은 주의를 기울여 제 갈 길을 가는 가운데 문제에 직면하면 방향을 전환하여 장애를 피하지만, 화살은 정해진 과녁을 향해 똑바로 날아가 과녁을 맞힌다.

Meditations : Marcus Aurelius

9

1   불공정한 행위를 하는 것은 신성모독이다. 자연은 이성적 동물인 인간으로 하여금 이웃 간에 서로의 존엄성을 지켜주며 더불어 살아가도록 만들었다. 따라서 이러한 자연의 섭리를 거역하는 것은 신성모독이다. 자연의 본성은 모든 피조물의 본성이며, 모든 피조물은 서로 관계를 통해서만 존재한다. 자연의 또 다른 이름은 진리이며, 자연이라는 창조적 근원에서 발원한 모든 피조물은 진리를 추구하는 존재들이다. 따라서 거짓말은 남을 속이는 불공정한 행위일 뿐만 아니라 자연의 질서를 해치는 행위이므로, 고의로 거짓말을 하는 것은 죄악이다.

거짓말이 사회질서를 해치는 이유는, 거짓말을 하게 되면 자연이 인간에게 부여한 신성을 외면함으로써 더 이상 진실과 거짓을 구분할 수 없기 때문이다.

쾌락을 좋은 것이라며 추구하고, 고통을 나쁜 것이라며 피하는 행위 또한 죄악이다. 그렇게 되면 자연이 선과 악에 대해 불공평한 보상을 한다는 불만이 쌓일 수 있다. 이는 다시 나쁜 사람은 쾌락을 만끽하며, 쾌락을 얻을 수 있는 수단을 강구할 것이고, 선한 사람은 고통과 고통을 초래하는 시련만 준다고 불평할 것이기 때문이다. 게다가 고통을 두려워하면 자연의 섭리에 따라 자신에게 주어진 시련을 피하게 되므로, 그 자체가 또 다른 죄악이다. 인간이 쾌락에 굴복하면 불의를 보고도 행동에 나서지 않으므로 이 또한 명백한 죄악이다.

자연은 어떤 면에서 매정하다. 자연이 만약 고통과 쾌락 중 어느 한쪽을 선호했다면, 이 둘을 함께 창조하지 않았을 것이다. 우리가 자연의 섭리에 순응하려면 자연의 냉철함을 배워야 한다. 따라서 고통보다 쾌락을, 죽음보다 삶을, 불명예보다 명예를, 그 외에 자연이 주는 모든 것을 어느 한쪽만 추구하는 것은 분명히 죄악이다. 왜냐하면 자연은 이 모든 것을 차별없이 존재하게 했기 때문이다.

자연이 편향됨이 없이 매정하다고 하는 것은 태초부터 신의 섭리에 따라 창조된 모든 피조물에게 시대, 장소, 본질을 불문하고 똑같이 이것(고통과 쾌락)을 겪게 했기 때문이다.

태초부터 있어왔던 이 자연의 섭리는 모든 피조물로 하여금 다음 세대를 위한 씨앗을 받게 한 뒤, 그 씨앗에 자아실현, 변천, 그리고 번식하고 번창할 수 있는 생산적 파워를 부여함으로써 우주가 생겨났을 때부터 지금의 질서정연한 체제를 갖추기까지 모든 피조물이 진보하도록 만들었다.

2 진정 복 받은 삶이란 위선, 거짓, 사치, 오만 등에 물들지 않은 상태에서 삶을 마감하는 것이다. 하지만 이러한 것들에 물들 만큼 물들어 살았다면 차선책은 당장 숨을 거두는 것이리라. 그게 아니라면 온갖 악덕을 탐닉하며 평생을 살기로 작정했는가? 아직도 이러한 것들을 역병 취급하고 피하는 법을 깨우치지 못했단 말인가? 악덕으로 인한 이성적 파멸은 오염된 공기나 열악한 환경에 의해 발생하는 역병보다 더 지독한 것으로, 영혼을 갉아 먹는다는 사실을 몰랐단 말인가? 환경으로 인한 질병은 동물적 속성인 인간의 목숨을 위협할 뿐이지만, 영혼을 갉아먹는 역병은 이성적 존재인 인간의 본성을 위협한다.

3 죽음을 경멸하지 말고 자연스레 받아들여라. 죽음 또한 자연이

의도한 것이다. 이는 청춘의 꽃이 피었다가 성숙하고, 늙어가고, 이갈이를 하고, 수염이 나고, 백발이 늘고, 임신하고, 분만하는 등 인생에서 때가 되면 일어나는 모든 신체 변화와 마찬가지로 자연이 의도한 하나의 과정일 뿐이다. 우리가 죽어 해체되는 것 또한 이와 다를 바 없다.

그러므로 사색하는 인간은 죽음에 대해 초조해하고 불안해하거나 경멸하기보다 자연의 한 과정으로 여긴다. 마치 아내의 자궁에서 아기가 나오기를 기다리듯 내 미약한 영혼이 그 껍질에서 빠져 나오는 순간을 처연히 기다린다.

만약 죽음으로부터 초연해지기 위해 보다 강력한 위안의 말이 필요하다면 이렇게 생각해보라. 내가 죽음으로써 떠나게 될 주변 환경, 그리고 내가 더 이상 상대하지 않아도 될 사람들을 말이다. 그러면 죽음 앞에서 조금은 위안을 얻을 것이다. 그렇다고 해서 내가 두고 떠나게 될 주변 환경과 주변 사람들을 기분 나쁘게 대할 필요는 없다. 그들을 사랑하고, 그들의 행위에 대해 관대하게 참아주는 것이 내가 해야 할 의무이기 때문이다. 다만 내가 생전에 믿었던 모든 것이, 내가 죽고 난 뒤 남을 이들에게 더 이상 의미가 없다는 사실을 생각해보라.

만약 삶에 집착하는 이유를 단 한 가지 든다면, 나와 의기투합한 동료 및 동지들과 오랫동안 함께 살고 싶은 마음 때문일 것이다. 하지만 서로 어울려 사는 동안 얼마나 많은 반목과 갈등이 있어 왔는지 보았으니, 이렇게 말하라. "오라, 죽음이여! 그 사람들처럼 나조차 나 자신을 망각해버리기 전에!"

4 죄를 짓는 자는 자기 자신에게 죄를 짓는 것이며, 나쁜 짓을 하는 자는 자기 자신에게 나쁜 짓을 하는 것이다. 이러한 악행은 자신을 퇴보시킨다.

5 아무런 행동을 취하지 않는 것도 불의를 저지르는 일이다.

6 현재의 내 생각이 강한 확신에 바탕을 둔 것이고, 현재의 내 행동이 공공의 이익을 위한 것이며, 내 마음이 나를 에워싼 모든 것에 만족한다면 그것으로 충분하다.

7 상념을 버리고, 충동을 억제하며, 욕망을 잠재워라. 그리고 내 이성이 나를 지배하게 하라.

8 비이성적 피조물에게는 거저 생명이 주어졌을 뿐이지만, 이성

적 인간에게는 선악을 식별하는 이성적 영혼이 주어졌다. 지상의 모든 피조물을 빚어낸 지구가 하나이듯이, 목숨이 붙어 있는 한 우리는 같은 눈으로 세상을 보고, 하나의 태양 아래에서 같은 공기를 호흡하며 살아간다.

9 존재하는 모든 것은 자신과 성질이 비슷한 것에 끌리게 되어 있다. 흙에서 생겨난 것은 흙에 이끌리며, 액체로 이루어진 것은 함께 모여 흐르며, 대기 속에 있는 것들 역시 마찬가지다. 이러한 것들이 서로 섞이지 않게 따로 떼어놓으려면 강렬한 힘이 필요하다. 불은 그 본질상 높은 곳을 향해 타오르지만, 원소에 대한 결합 본능이 워낙 강하기 때문에 지상의 건조한 것은 무엇이든 집어삼킨다. 건조한 것일수록 불이 붙는 데 방해가 되는 물질이 덜 함유되어 있기 때문에 더 잘 타오른다.

자연의 순리에 따르는 이성적 존재는 자연의 다른 보편적 원소들보다 훨씬 더 강하게 자신의 동류에 이끌린다. 자신과 비슷한 존재와 융합하고 결속할 경우 다른 무리에 비해 훨씬 강렬한 힘을 발휘하기 때문이다.

벌이나 소, 새, 벌레 등 이성이 결핍된 피조물들 사이에서도 우리 인간과 별반 다르지 않는 결속력, 사랑, 무리 짓기, 양육 본능

등이 있다. 이들 생물도 영혼을 지니고 있으며, 보다 나은 종족 보전을 위해 함께 뭉쳐 일하는 파워를 갖고 있다. 이러한 현상은 식물이나 돌멩이 같은 것에서는 찾아볼 수 없다. 그러나 이성적인 이해관계로 맺어진 집단은 국가, 동료, 가족, 사회단체, 전쟁, 조약, 휴전 등을 통해 결속력을 다진다. 그리고 우리보다 우월한 존재들도 서로 간에 어떤 형태로든 긴밀한 결속력을 갖는다는 사실을 알 수 있다. 하늘의 별들은 거리상으로는 서로 멀리 떨어져 있지만 긴밀한 유대감으로 결속되어 있다.

그렇다면 지금 우리에게 일어나고 있는 현실을 생각해보자. 많은 피조물이 간직하고 있는 상호호혜적 욕망과 본능을 유독 우리 인간만이 망각하고 있다. 우리 인간 사회에서는 물처럼 함께 모여 흘러가는 모습을 찾아보는 것이 어렵다. 그러나 인간이 제아무리 원초적 결속력에서 벗어나려고 몸부림친다 해도 절대 벗어날 수가 없다. 자연의 힘을 거스를 수가 없기 때문이다. 내 말의 의미를 제대로 이해하려면 주변을 잘 관찰해보라. 다른 사람과 완전히 동떨어져 홀로 지내는 사람을 찾는 것보다 대지에 의존하지 않는 산물을 찾는 것이 더 쉬울 것이다.

10 우주며 신, 인간을 비롯한 모든 것은 결실을 맺는다. 그러나 이

결실은 때가 무르익어야 거둘 수 있다. 대개 우리는 이 열매라는 용어의 의미를 포도와 같은 것에 해당하는 것으로 알고 있지만, 실은 우리의 이성 또한 열매를 맺는다. 이성이 열매를 맺게 되면 자기 자신은 물론 세상도 동시에 살찌운다. 왜냐하면 이성이 맺은 열매는 선을 간직하고 있어 그 수확물이 훌륭하기 때문이다.

11 잘못을 저지르는 사람이 있다면 가능하면 잘 타일러라. 만약 그럴 여건이 되지 않는다면 만약을 대비해 나에게 관용이 주어졌음을 주지시켜라. 조물주 역시 그런 사람들에게 관용을 베푼다. 때로는 관용을 베푸는 데 그치지 않고 그들에게 건강, 부, 혹은 명예까지 허락함으로써 그들이 하는 일을 도와주기까지 하지 않는가. 나도 이처럼 할 수 있다. 무엇이 나를 방해한단 말인가.

12 열심히 일하되 타인으로부터 동정을 사거나 칭찬을 받기 위해서가 아닌 이성을 가진 조직의 일원으로서 마땅히 해야 할 행동을 하고, 하지 말아야 할 행동은 하지 않는다는 일념으로 일하라.

13 나는 오늘 모든 고뇌로부터 탈출했다. 아니, 모든 고뇌를 내쫓

아버렸다는 것이 더 정확하다. 왜냐하면 그 고뇌는 외부에서 온 것이 아니라 내 마음속에서 만들어낸 것이기 때문이다.

14 우리는 모두 비슷한 경험을 하고 있고, 유한한 생명을 가졌고, 물리적인 측면에서만 본다면 무가치하다. 우리가 땅에 묻은 사람들이 살았던 시대나 지금 우리가 살고 있는 현세나 그 모든 것은 변함이 없다.

15 새로운 국면이 문 밖에 서성이며 나를 기다리고 있다. 새롭게 펼쳐질 현실은 자기의 존재가 무엇인지 알지 못하고, 그 어떤 심판도 내리려 하지 않는다. 그렇다면 이 새로운 국면에 대해 심판을 내릴 자는 누구인가? 나를 지배하는 이성이다.

16 이성적 동물이자 사회적 동물인 인간의 본질은 감정이 아닌 의지에 따라 더욱 훌륭해지거나 더욱 사악해진다. 겉으로 드러나는 인간의 선행이나 악행이 감정이 아닌 의지의 산물인 것과 같다.

17 위로 던져 올린 돌이 아래로 떨어진다고 해서 더 나빠질 것도 없

고, 위로 더 높이 올려졌다고 해서 더 나아지는 것이 아니다.

18 사람들의 마음 깊숙한 곳으로 들어가보라. 거기에서 내가 어떤
유형의 심판관을 두려워하는지 알게 될 것이다. 그리고 그 심판
관이 자기 자신에 대해 얼마나 신중한 심판을 내리는지 알게 될
것이다.

19 모든 것은 변화의 과정에 있다. 나 자신도 끊임없이 변화를 겪고
있는 중이며, 내 신체의 일부는 이미 쇠퇴의 과정에 진입해 있
다. 세상천지 만물도 마찬가지다.

20 타인의 과오를 그것이 있을 자리에 내버려두는 것이 내가 할 일
이다.

21 어떤 활동이 중간에 중단되거나, 어떤 생각이 중간에 단절되는
것은 어떤 면에서 보면 사망과 같은 종말이지만, 이로 인해 피해
를 입는 것은 없다. 내가 살아온 삶을 돌이켜보면 나는 어린아이
에서 청년으로 자라고, 그 다음에는 성인에서 노인으로 변화해
왔다. 이러한 과정, 즉 어느 한 단계에서 그 다음 단계로 넘어간

다는 것은 한 시절의 종말을 의미한다. 하지만 이러한 종말을 두려워할 일은 아니다. 조부 밑에서 자라던 시절, 어머니 밑에서 자라던 시절, 그리고 아버지 밑에서 자라던 시절을 생각해보라. 그 시절을 살아오는 동안 나는 많은 변화와 단절을 경험했지만 현실적으로 과연 두려워할 만한 것이 있었던가! 마찬가지로 내 삶이 완전히 바뀌고 단절된다 해도 이는 두려워할 일은 아니다.

22 나 자신의 지배적 이성, 자연의 지배적 이성, 내 이웃의 지배적 이성을 잘 살펴보라. 나 자신의 지배적 이성을 잘 살펴 정의를 실현하고, 자연의 지배적 이성을 잘 살펴 내가 그 일부임을 자각하고, 내 이웃의 지배적 이성을 잘 살펴 그들의 행동이 무지에서 비롯된 것인지 지혜에서 비롯된 것인지를 파악하라. 한걸음 더 나아가 그들의 마음도 내 마음과 유사하다는 사실을 자각하라.

23 사회 집단의 한 구성원인 나의 행동은 반드시 인류 공동체를 위한 것이어야 한다. 인류 공동체의 건설적 목적에 직접적으로든 간접적으로든 이득이 되지 않는 행동은 나 자신의 삶을 혼란스럽게 하며, 내가 사회적 일원이 되는 것을 방해하고, 더 나아가 반사회적 일원이 되게 한다. 그러므로 이는 마치 군중집회의 무

리에서 홀로 떨어져 나오는 것과 같다.

24 어린아이 같은 투정, 유치한 놀이, 미약한 영혼을 짊어지고 죽
음을 향해 가는 영혼들……. 세상에는 온통 이런 것들밖에 보
이지 않는다. 차라리 호메로스가 묘사한 (죽은 자들의 영혼이
머무르는) 지하 세계의 오디세이아가 본 세상이 더 인상 깊게
다가온다.

25 먼저 그것이 지닌 근원적 본질과 특징을 살펴본 뒤, 그것과 관련
된 물질적인 부분을 제거하고 다시 곰곰이 생각해보라. 그런 다
음 거기에서 기대할 수 있는 최대한의 유효기간을 생각해보라.

26 내가 그동안 끝없는 시련에 시달려온 것은 내 삶의 길잡이인 내
이성이 제 역할을 다하는 것을 차단했기 때문이다. 이제는 더 이
상 같은 잘못을 번복하지 말자.

27 다른 사람이 나를 비난하거나 증오할 때, 혹은 마음에 상처가 될
만한 말을 할 때, 그들의 내면에 있는 정신세계로 들어가 그들이
어떤 사람인지 살펴보라. 그러면 그들이 나에 대해 갖고 있는 생

각을 바로잡아주려고 애써야 할 이유가 없다는 사실을 깨닫게 될 것이다. 하지만 그들 역시 자연의 순리에 따라 나와 더불어 살아가는 존재이므로, 그들에게 억하심정을 갖지는 말아야 한다. 그리고 신이 나를 돕고 이끌어주는 것처럼 그들에게도 신은 자신의 목적에 도움이 되도록 꿈이나 신탁, 그 외에 다른 모든 방식을 통해 이끌어주고 있다.

28 자연은 늘 변함없이 순환한다. 태곳적부터 이같은 순환을 되풀이해왔다. 만약 순환이 되풀이될 때마다 우주의 본질이 여기에 개입해 지휘하고 있는 것이라면, 우리는 그 순환 활동의 결과에 순응해야 할 것이다. 하지만 우주의 본질이 태초에 단 한번 이 순환을 시작한 뒤 되풀이되는 순환은 연쇄적으로 일어나는 반복 행위에 불과한 것인지 모른다. 그것이 사실이라면 우주에서 일어나는 모든 현상의 종말은 또 다른 무언가의 시작일 수 있다.

이를 다른 각도에서 생각해보면 세상 모든 것은 하나의 우주에서 빚어져 나온 개체이거나 혹은 따로 떼어 놓을 수 없는 전일체(하나의 전체로서의 통일체) 중 하나다. 만약 그 전일체가 신이라면, 세상은 태평할 것이다. 그러나 모든 것이 아무 목적 없이 임의적으로 일어나는 우연이라면, 우리가 그것을 따라야할 필요가 없다.

그러나 우리는 머지않아 모두 흙 속에 묻힐 것이고, 때가 되면 그 흙마저도 변할 것이다. 더 많은 시간이 지난 후 여기서 또 다른 필연적인 변화가 일어날 것이고, 이 과정은 세상이 끝날 때까지 반복될 것이다. 이처럼 도도하게 흐르는 변화의 물결을 헤아린다면 언젠가 사라지고 말 그 어느 것에도 집착하려 들지 않을 것이다.

29 세상이 돌아가는 이치는 범람하는 급류와 같아서, 모든 것을 순식간에 휩쓸어가 버린다. 그런데도 불구하고 마치 자신이 진정한 철학자라도 되는 양 자가당착에 빠쳐 정치놀음을 즐기는 소인배들을 보고 있노라면 얼마나 가소로운가. 하나같이 제 코조차 닦을 줄 모르는 어린애들이나 다름없다.

그렇다면 인간다운 인간이란 어떤 사람을 말하는가? 자연의 섭리가 내게 요구하는 일을 행하는 사람이다. 할 수 있는 힘이 있다면 일어나 일하라. 행여나 누가 나를 지켜봐주지 않을까, 혹은 내가 하는 일을 알아주지 않을까 주변을 두리번거리지 말라. 플라톤이 말한 이상 국가를 기대하기보다 사소한 것을 제대로 해내는 데 만족하되, 아무리 사소한 결과라도 사소하다고 생각지 말라. 인간의 신념을 꺾을 수 있는 자는 그 누구도 없다. 만약 확고한 신념을 갖지 못한다면 주인의 말에 순종하는 척하면서 뒤에서 투덜대는 노예와 다를 바 없다.

자, 이제 나에게 알렉산드로스와 필리포스, 팔레룸의 데메트리우스에 대해 이야기해달라. 그들이 자신에게 주어진 소명이 무엇인지 알고, 거기에 합당한 사람이 되려고 마음을 갈고닦았는지는 그들 본인만이 알 수 있는 일이다. 하지만 만약 그들이 비극에 등장하는 영웅처럼 행동했다면, 그 누구도 나에게 그들을 닮도록 강요하지는 않았을 것이다. 철학이 요구하는 삶은 소박함과 겸양이다. 철학은 결코 나를 유혹해 나태하고 거만하게 살게 하지 않는다.

30 저 위에 올라 세상을 바라보라. 수많은 인간 무리, 수많은 의례와 의식, 잔잔할 때나 격랑이 일 때나 파도를 헤치고 항해하는 사람들, 태어나 함께 살다가 죽는 사람들, 멀리 떨어져 사는 야만인들, 먼 옛날을 살다 간 사람들, 그리고 내가 죽은 뒤 이 세상에 태어나 살게 될 사람들을 생각해보라.

이처럼 조금 시야를 넓혀서 세상을 바라보면 세상에는 내 이름도 알지 못하는 사람들이 얼마나 많으며, 지금은 내 이름을 알고 있다 해도 머지않아 내 이름을 잊게 될 사람들 또한 얼마나 많은가? 지금 나를 칭송하는 사람들 가운데 돌아서서 내 욕을 하게 될 사람들 또한 얼마나 많은가? 사후에 이름을 남긴다는 것이 얼마나 덧없는 일인가. 명예도 그 무엇도 덧없음은 마찬가지다.

31 외적 요인으로 일어난 일에 대해서는 초연해져라. 내면의 이끌림에 따른 행동을 취할 때는 정의롭고 공평해지자. 내 의지와 행실이 공공의 이익을 위한 것인 동시에 내 존재의 본질에 일치하도록 하라.

32 나를 괴롭히는 상념의 대부분은 피상적인 것들로, 내 관념이 빚어낸 잡념에 불과하다. 이러한 잡념을 떨쳐내 마음의 여유 공간을 확장하자. 그리하여 그 공간에 이 세상이 얼마나 넓은지, 시간은 얼마나 무한한지에 대한 생각으로 흘러넘치게 하자. 또한 세상 모든 것이 얼마나 빨리 변해 가는지, 탄생에서 죽음에 이르기까지 우리에게 주어진 시간은 또 얼마나 짧은지, 내가 태어나기 전은 물론 내가 죽고 난 후에도 얼마나 긴긴 시간이 영속되는지에 대한 생각들로 마음을 채우자.

33 우리 눈앞에 보이는 것은 머지않아 소멸한다. 그 모든 것들이 소멸해 가는 것을 눈으로 본 사람들도 머지않아 같은 길을 걷게 된다. 그렇다면 오래 살다가 떠나는 것이 요람을 채 벗어나지도 못한 채 죽는 사람보다 행복하다고 할 수 있을까?

34 사람들이 어떤 신념에 이끌리고 있는지, 그들은 무엇을 얻기 위해 버둥거리며 살고 있는지, 그들이 뭔가를 좋아하고 싫어하는 근거는 무엇인지를 생각해보라. 말하자면 벌거벗은 영혼의 실체를 보라는 의미다. 그것을 안다면 누군가의 찬사나 비난이 우리의 마음을 흡족하게 하거나 상처를 줄 수 있다고 믿는다는 것이 얼마나 한심한 착각인지 알 것이다.

35 상실은 다름 아닌 변화다. 자연은 변화 속에서 기쁨을 얻으며, 모든 피조물은 자연의 순리를 따를 때 평안을 얻는다. 이 모든 것은 태곳적부터 그래왔고, 앞으로도 영원히 그럴 것이다. 그렇다면 지금까지 세상에 있어왔던 일은 물론, 앞으로 일어날 일들을 모두 그릇된 것이라고 말할 수 있을까? 그토록 많은 신 가운데 그릇된 것을 바로잡을 권능을 지닌 신은 찾을 수도 없고, 세상은 끝없는 악의 구렁텅이에 시달리도록 저주 받았노라고 단

언할 수 있을까?

36 습기, 진흙, 뼈 그리고 오물과 같이 분해된 물질은 다른 새로운
물질을 만드는 밑바탕이 된다. 우리가 귀하게 여기는 대리석은
흙이 굳은 것이며, 금과 은은 흙이 남긴 침전물이며, 우리의 옷
은 한줌의 털로 짠 것이며, 보랏빛 의상은 생선의 내장으로 물들
인 것이다. 그 외의 다른 것들도 같은 원리로 이루어졌다. 인간
목숨의 근원인 숨도 이와 마찬가지로 이것에서 저것으로 변한
것이다.

37 휘정거리는 삶, 불만과 투정, 원숭이 같은 얕은 잔재주⋯⋯. 이
런 형편없는 것들로 이루어진 생활은 이제 종지부를 찍을 때가
되었다. 무엇이 나를 그리도 심란하게 하는가? 지금까지 전혀
접하지 못했던 새로운 것이라도 보았는가? 그것이 아니라면 무
엇 때문에 안절부절못하는가? 어떤 형상 때문인가? 그러면 그
형상을 자세히 들여다보라. 어떤 물질 때문인가? 그러면 그 물
질을 자세히 들여다보라. 그것은 형상이거나 물질일 뿐 다른 무
엇도 아니다. 지금이라도 늦지 않았으니 신이 보시기에 흡족한
청렴하고 선량한 사람이 되라. 이 교훈만 깨우친다면 삼 년을 사

나 삼백 년을 사나 차이가 없다.

38 누군가가 잘못을 저질렀다면 그 잘못에 대한 고통은 잘못을 저지른 사람의 몫이다. 하지만 알고 보면 그것은 잘못이 아니었을 수도 있다.

39 세상 모든 만물은 하나의 이성적 근원에서 비롯되어 전일체를 이룬다. 따라서 전일체에 속한 개체는 전일체를 위하여 일어나는 일을 비난해서는 안 된다. 전일체를 이루는 원소들은 끊임없이 서로 합쳐졌다가 쪼개지는 이합집산을 거듭하는 것 외에 아무것도 아니다. 그러니 무엇 때문에 고뇌에 시달리는가? 나를 지배하는 이성에게 물어보라. 이성은 죽었는가? 부패했는가? 들짐승 떼들에 섞여 풀이나 뜯어먹는 금수가 되고 말았는가?

40 신에게는 권능이 있거나 없거나 둘 중 하나다. 만약 신에게 권능이 없다면 신에게 기도할 필요도 없다. 만약 신에게 권능이 있다면 이것을 저에게 주시고 저것을 저에게서 앗아가 주십사 하고 기도하는 대신 그러한 것에 대한 두려움, 욕망, 고뇌로부터 나를 구원해 주십사 기도해야 하지 않을까? 분명 인간을 도울 능

력이 있다면 신은 그런 기도도 들어드릴 것이다. 하지만 알고 보면 신은 그 모든 권능을 나에게 이미 부여해주셨다. 그러니 내가 필요한 것을 얻지 못해 구걸하는 거지나 노예처럼 신에게 떼를 쓰는 대신, 자유로운 인격체로서 신의 권능을 자유로이 사용하는 것이 더 현명하지 않을까? 게다가 우리 개개인의 문제에 신이 아무런 도움을 주지 않는다고 해서 불평하는 사람도 없지 않은가.

그러니 "이 여인을 소유할 수 있게 해주소서!"라고 기도하는 대신 "이 여인에 대한 정염을 거두어주소서!"라고 기도해보라. "이 것을 내게서 없애주소서!" 하고 기도하는 대신, "이것을 없애고자 하는 욕망을 내게서 거두소서!" 하고 기도해보라. "내 귀한 자식을 잃지 않게 해주소서!"라고 기도하는 대신, "자식을 잃어버릴 공포로부터 구원해주소서."라고 기도해보라. 말하자면 이런 방식으로 신에게 간청을 한 뒤 어떤 결과가 나오는지 지켜보도록 하라.

41 에피쿠로스가 말했다. "병상에 누워 있을 때, 나는 병문안 온 사람들과 육신의 고통에 대해 대화를 나누면서 그들의 시간을 낭비하지 않았다. 그 대신 늘 하던 대로 사물의 본질에 대한 이야

기를 나누었다. 우리는 어떻게 하면 미약한 정신을 소유한 육신에서 일어나는 일에 무심하지도, 동요하지도 않으면서 고유의 선을 유지할 것인지에 대해 이야기를 나누었다. 또한 의사들이 마치 뭔가 대단한 일을 하고 있는 것처럼 근엄한 표정으로 떠벌리는 기회를 주지 않고도 나는 예전과 다름없이 만족스럽고 행복하게 생활하고 있다."

나는 병상에 누워 있을 때는 물론 그 어떤 악조건 속에서도 에피쿠로스처럼 행동할 것이다. 나에게 어떤 시련이 닥치더라도 철학을 견지하고, 자연의 순리를 알지 못하는 사람이나 무지한 사람들과 잡담이나 나누며 시간을 소모하지 않을 것이다. 그리고 지금 내가 하고 있는 일과 내가 그 일을 하는 데 사용하는 도구에 대한 일에만 마음을 쏟을 것이다.

42 누군가가 후안무치한 행동을 해서 기분이 상했다면, "이런 후안무치한 사람은 이 세상에서 좀 사라지게 할 수는 없을까?" 하고 스스로에게 자문해보라. 그것이 불가능하다는 사실을 깨닫게 될 것이다. 그러니 불가능한 일은 바라지 않는 게 좋다. 세상은 그처럼 후안무치한 사람도 반드시 필요로 한다. 이런 생각을 후안무치한 자, 권모술수에 능한 자, 그리고 어떤 형태로든 부도

덕한 행실을 저지르는 자를 대할 때 적용해보도록 하라. 이런 사람들이 없어서는 안 된다고 생각하면 그들을 보다 유순하게 대할 수 있을 것이다. 자연은 독과 함께 해독제도 우리에게 주었으며, 난폭함과 함께 부드러움을 주었고, 병과 함께 그 치료법도 주었다. 따라서 이런 특정한 문제에 대처하기 위해서는 자연이 우리에게 준 권능이 무엇인지 생각해보는 것도 도움이 된다.

아울러 이 기회에 잘못을 저지른 사람에게 그 사실을 지적해주도록 하라. 왜냐하면 잘못을 저지르는 사람들은 대부분 진리가 무엇인지 알지 못해서 그러한 행동을 저지른다. 그러나 그들의 행동으로 인해 내가 해를 입은 것이 아니지 않은가. 나를 짜증나게 하는 이들이 내 내면에 깃든 정신까지 해치지는 못한다. 현실적으로 나에게 해를 입힐 수 있는 것은 전적으로 내 안에 존재하는 사악함뿐이다. 멍청한 사람이 야만적인 행동을 했다고 해서 그 일에 놀란다거나 잘못을 나무랄 수는 없는 일 아닌가. 오히려 그 사람이 다른 사람들에게도 같은 행동을 할 수 있다고 미처 생각하지 못한 내 잘못이 더 크지 않은가. 나야말로 그 사람이 저지를 수 있는 야만행위를 예측할 수 있는 이성을 지니고 있었음에도 불구하고 그 사실을 망각하고, 그 사람이 야만적인 행동을 했다고 경악했으니 이것은 내 잘못이다.

다른 사람의 배은망덕한 행위로 마음이 언짢았다면 생각의 화살을 나 자신에게 먼저 돌릴 일이다. 그런 부류의 사람을 신뢰했거나, 은혜를 베풀 때 암암리에 조건을 계산했거나 혹은 내가 베푼 은혜에 대한 충분한 보상을 받을 것이라고 기대했으니 그 잘못은 나에게 있는 것이다.

누군가에게 좋은 일을 했으면 그것으로 그만이지 더 이상 무엇을 바란단 말인가? 어떤 보답도 바라지 않았다면 내가 나의 본성의 지시에 충실히 따른 것만으로 충분하지 않은가? 무언가를 바란다는 것은 마치 자연이 세상을 볼 수 있는 눈을 준 것에 대한 보상을 바라거나, 직립보행이 가능하게 해준 것에 대한 보상을 바라는 것과 같다. 눈이나 발은 보거나 걷기 위한 목적을 위해 존재하며, 본래 창조된 의도대로 제 할일을 다하는 것뿐이다. 마찬가지로 인간은 선하게 살기 위해 태어난 존재이며, 이와 같은 존재 이유로 선한 행동을 했거나, 혹은 다른 사람을 위해 수고를 했다면, 제 존재 목적을 달성한 것이고, 자기 자신의 책임을 다했다고 볼 수 있다.

1   나의 영혼이여! 너는 정녕 선하고 진실되고 온전하고 참된 것에
가 닿을 수 없단 말인가? 그러한 경지에 도달했음을 내 육신보
다 더 또렷하게 드러나 보이게 할 수 없단 말인가? 사랑과 인정
이 넘치는 아름다운 모습으로 살아가는 것을 영영 기대하지 말
아야 한단 말인가? 그 무엇도 갈망하지 않고, 생명체에서도 물
질적인 것에서도 쾌락을 얻으려 하지 않으며, 사사로운 것을 누
리기 위해 오래 살려 하지 않고, 좀 더 살기 좋은 곳이나 마음에
드는 사람들과 어울리고자 하는 바람을 잠재우고 현재에 만족
하기를 영원히 기대할 수 없단 말인가?

우리를 지배하는 완전무결한 우주 만물의 근원은 모든 피조물
에게 생명을 준 뒤, 그것을 지키고 보듬어주며, 해체의 순간이

오면 다시 원래의 모습으로 거두어, 그곳에서 새로운 피조물이 탄생하도록 돕는다. 완전한 생명체인 우주는 선하고 정의로우며 더할 수 없이 아름답다.

내가 가진 모든 것은 신에게서 비롯되었으며, 그 모든 것이 신을 기쁘게 하고, 우주 근원의 온전함을 지키고 보호하는 데 기여하는 한, 신은 앞으로도 영원히 나와 함께 하리라 믿으며, 지금 내가 가진 모든 것에 만족할 날은 영영 오지 않는단 말인가?

내가 신이며 주변 사람들과 맺고 있는 그런 결속관계에 온당하고, 그 누구에 대해서도 단 한마디 불평도 비난도 하지 않는 그런 영혼이 될 날이 영영 오지 않는단 말인가?

2 자연에 순응하고 싶다면 본성의 소리에 귀를 기울여라. 본성의 소리를 들음으로써 지금의 나라는 존재가 더 이상 나빠지지 않았다면, 자연의 요구를 받아들이고 실천하라. 그 다음으로 할 일은 살아있는 존재로서의 육신의 본질적 요구에 주의를 기울이는 일이다. 이로 인해 이성적 동물인 나의 본성이 더 이상 나빠지지 않는다면 이 역시 그 요구를 들어주어야 한다. 인간은 이성적 존재인 동시에 사회적 동물이기도 하다. 그렇다면 이러한 원칙을 따르고 그 외의 일로 고뇌하지 말아야 한다.

3   어떤 시련이 닥치든 자연은 내게 그 시련을 극복할 수 있는 힘을 주었거나, 미처 준비하지 않았거나 둘 중 하나다. 만약 내게 시련을 견디고 극복할 수 있는 힘이 주어졌다면 자연이 준 능력으로 극복하라. 그러나 내게 시련을 극복할 수 있는 힘이 주어지지 않았다면 불평할 이유가 없다. 내가 그 시련으로 인해 쓰러지는 순간 그 시련 역시 종말을 고할 것이기 때문이다.

하지만 자연은 나에게 모든 고난을 견뎌내고 극복할 수 있는 힘을 주었음을 기억하라. 그리고 이를 극복하는 것은 나를 위한 일이며, 내가 마땅히 해야 할 의무라고 생각한다면 그 어떤 시련도 견뎌낼 수 있다.

4   누군가가 실수를 하면 친절하게 그가 무엇을 잘못했는지 가르쳐주라. 만약 내가 그렇게 하지 못한다면 나 자신을 나무라든가, 아니면 나 자신조차 나무라지 말라.

5   나에게 일어나는 모든 일은 애당초 이미 예정되어 있었던 것이다. 운명은 나라는 존재의 날실과 태고의 시작이라는 씨실이 얽히고설켜서 짜낸 직물이다.

6   우주라는 것이 작은 입자들이 모여 이루어진 혼동 상태이든, 자연의 순리에 따른 질서정연한 상태이든, 내가 확신하는 것은 두 가지다. 그 첫 번째는 내가 자연의 지배하에 있는 총체의 일부라는 것, 두 번째는 나는 다른 모든 피조물들과 동류로서 서로 결속되어 있다는 것이다.

이 두 가지 확신을 전제로 생각해볼 때, 나는 총체를 구성하는 일부이기 때문에, 그 총체가 나에게 부여한 일을 불평해서는 안 된다. 이 총체는 스스로에게 해로운 일은 절대 하지 않기 때문이며, 총체에 이로운 것은 그것을 구성하는 개체에게도 이롭다. 존재하는 모든 것은 공통적으로 '자기 자신에게 해가 되는 행위를 하지 않으려는 본성'이 있으나, 우리를 지배하는 우주의 본성은 거기서 한 발짝 더 나아가 '어떤 외부적 원인행위로도 자기 자신에게 해를 끼치게 할 수 없다.'고 한다. 그러므로 내가 총체의 일부를 구성하는 구성원이라는 사실을 안다면 나에게 일어나는 모든 일에 만족하며 살아갈 일이다.

또한 나는 이 총체의 구성원으로서, 다른 구성원들과 유기적으로 결속된 존재이기에 공익을 해치는 어떤 반사회적 행위도 해서는 안 된다. 나는 이러한 동류의식을 바탕으로 늘 시민의 행복을 위해 노력하고, 거기에 반하는 행동을 자제해야 한다. 만약 내가 이를 지키지 않는다면 행복하고 순조로운 삶을 살아가기가 힘들어질 것이다. 모든 시민은 자신에게 부과된 의무를 기꺼이 받아들일 때 참다운 행복을 누릴 수 있다.

7   우주를 구성하고 있는 모든 것, 예컨대 우리가 세상천지에서 볼 수 있는 모든 것은 때가 되면 소멸한다. 이를 보다 정확히 표현하자면 '형질 변화를 겪을 수밖에 없는 것'이다. 하지만 이런 형질 변화를 통한 소멸이 세상천지를 구성하고 있는 모든 것의 피할 수 없는 '악'이라면 전체로서의 우주가 조화롭고 온전하게 존속할 수 없었을 것이다. 예컨대 그 구성요소들이 이처럼 변질될 수밖에 없고, 각기 다른 방식으로 소멸해 가도록 원래부터 조건 지어졌다는 것이다.

그게 아니라면 자연은 제 자신의 일부분인 모든 개체들에게 빠져나갈 구멍조차 만들어두지 않은 상태에서 의도적으로 악을 심어두어, 모두가 죽을 수밖에 없도록 만들었을까? 아니면 자연은 이런 사실을 자각하지 못하는 것일까? 그러나 이런 가정은 신빙성이 결여되어 있다고 볼 수 있다. 자연을 완전히 배제하고 이 모든 것을 창조의 본질적 질서 측면에서 설명한다고 해도, 세상천지의 모든 개체들은 해체되어 원래의 모습으로 되돌아가도록 되어 있다. 그럼에도 불구하고 실제로 그러한 형질 변화를 보면 마치 자연에 위배되는 악과 맞닥뜨리기라도 한 듯이 놀라서 불평하는 것은 이치에 맞지 않는 일이다. 입으로는 모든 것이 본연적으로 변할 수밖에 없다고 하면서 말이다. 질량을 가진 원소는 모두 흙의 형태로 변하고, 가벼운 원소들은 기체의 형태로 변한 뒤, 끊임없는 생성과 소멸을 거듭하여 우주의 근원으로 되돌아가게 되어 있다.

하지만 입자며 기체라는 것이 우리가 태어났을 때부터 있었던 것으로 생각하면 오산이다. 우리를 형성하는 입자나 기체는 우리가 어제, 혹은 그저께 먹은 음식과 호흡한 숨을 통해 유입되어 들어온 것이다. 그리고 변화하는 것은 어머니의 몸에서 태어났을 때의 신체가 아니라, 그 이후 나라는 인간의 입을 통해 들어온 음식과 호흡이라는 입자와 기체인 것이다. 사실상 태어났을 때의 신체 조건이 이처럼 본연적으로 변할 수밖에 없는 유입 요소들과 밀접하게 연관되어 있다 하더라도, 내가 하는 말의 핵심은 달라지지 않을 것이다.

8   나의 장점이 선량함과 겸손, 신의, 온전한 정신, 초연함, 고매한 인품이라고 말할 수 있는가? 그렇다면 이런 좋은 장점에 어긋나

는 일이 없도록 매사 조심하도록 하라. 만약 부득이하게 이들 가운데 어느 하나를 잃었다면 재빨리 찾도록 하라. 이들 요소 가운데서 '온전한 정신'은 아무리 사소한 일도 그냥 지나치는 일 없이 그 본질을 세심하게 꿰뚫어보는 능력이 있다. '초연함'은 자연이 나에게 부여한 모든 것을 기꺼이 수용하는 능력이 있다. 그리고 '고매한 인품'은 육신이 행하는 모든 거칠고 부드러운 움직임, 헛된 명예욕, 죽음 등 정신을 혼탁하게 하는 것을 정신력으로 극복하고 이겨내는 능력이 있다.

다른 사람들이 나를 두고 이런 사람이라고 칭송해주기만을 기다리지 말고, 나 스스로 진실로 그런 사람이 되고자 노력하며 살다 보면 완전히 새롭게 거듭나 예전과는 전혀 다른 삶을 살게 될 것이다. 지금까지 잘못된 생활 태도를 견지하는 바람에 찢어지고 훼손된 삶을 개선하지 않고 유지한다는 것은 바보나 겁쟁이들이 하는 짓이다. 그런 사람은 괴수에게 반쯤 잡아먹혀 온몸이 피투성이가 된 상태에서, 다음날 경기장에 들어서면 또다시 똑같은 괴수의 이빨과 발톱에 물어뜯기고 할퀼 것이 뻔한데도 경기에 참여하려고 나서는 검투사나 다를 바 없다.

그러니 사람으로서 지녀야 할 위의 덕목을 가슴 깊이 되새기고, 이를 등댓불 삼아 행복의 섬을 찾아가는 항해자가 되라. 만약 항해 도중 배가 흔들려 목적지를 제대로 찾을 수 없거든 한적한 곳으로 대피해 그곳에서 자신을 추스르거나, 그것이 여의치 못하면 아예 생에 작별을 고하라. 분노 때문이 아니라, 진정으로 자유롭고 겸허하게 생에 작별을 고함으로써 최소한 부끄럽지 않게 생을 마감했다는 사실만이라도 인생의 기록으로 남길 수 있게 하라.

이러한 덕목(선량함, 겸손, 신의 등)을 가슴에 새기고 살려면 신의 존재를 기억하는 것이 도움된다. 신은 아첨하기를 바라지 않는다. 단지, 이성을 가진 모든 존재라면 누구나 제 본성에 충실하게 사는 걸 바란다. 무화과나무는 무화과나무로서 해야 할 일에 충실하고, 개는 개로서 해야 할 일에 충실하며, 꿀벌은 꿀벌로서 해야 할 임무를 다하는 것이 신이 바라는 바다. 마찬가지로 신은 우리에게 인간으로서의 도리를 충실히 행할 것을 바란다는 사실을 명심하라.

9 내 마음속에는 신성한 원리 원칙이 자리 잡고 있으나, 나는 이러한 원리 원칙을 소홀히 다루기도 하고 나도 모르는 사이에 이를 어길 때도 있다. 광대 짓, 싸움질, 나태함, 노예근성, 겁 먹는 것 등은 이 신성한 원리 원칙을 내 마음에서 지워버리라고 위협한다. 그러므로 나에게 요구되는 임무, 즉 현재의 당면 과제를 해

결하는 동시에 내가 가진 정신력이 제 기능을 다하도록 매사에 세심히 살펴야 한다. 그러기 위해서는 자신이 해야 할 임무를 사소한 부분까지 완전하게 파악하고 있다는 자신감이 일부러 드러내 보이지 않아도 나타날 수 있도록 하라. 성실성과 신중함이 주는 그 달콤한 만족감을 맛보기를 포기할 생각이 아니라면.

그 모든 것의 실체는 무엇이며, 각자에게 주어진 의무는 무엇이며, 그것은 얼마나 오랫동안 그 형태를 유지하며 존속할 것이며, 그것은 누구에게 속하는 것이며, 그것을 주거나 빼앗을 수 있는 파워를 지닌 자는 누구인가를 알아내는 지식의 달콤함을 맛보기를 포기할 생각인가?

10 거미는 파리를 잡으면 기세등등해진다. 또한 어떤 이는 가련한 토끼를 잡았다고 기고만장해지고, 어떤 이는 그물로 물고기를 잡았다고, 어떤 이는 야생 돼지를 잡았다고, 어떤 이는 곰을 잡았다고, 어떤 이는 사르마티아 사람을 잡았다고 기고만장해진다. 이런 사람들의 정신 상태를 고려해보면 모두가 도둑이라고밖에 할 수 없지 않은가?

11 자연의 변화 과정을 관찰하는 습관을 기르라. 꾸준히 관심을 기

울이면서 이 분야에 대해 알게 된 지식으로 내면을 단련하라. 이보다 더 크게 정신적 성장을 가져다주는 일은 없다.

사람은 누구나 언제, 어느 순간 모든 이를 뒤로하고 세상을 떠날 수밖에 없는 존재라는 것을 깨닫게 되면, 그 순간부터 육신에 대한 집착을 버리고, 정의롭고 자연에 순응하는 삶을 살게 된다. 순리적으로 살면 다른 사람이 나에 대해 뭐라고 말하고 생각하든 전혀 개의치 않게 된다. 이렇게 사는 사람들은 늘 올바르게 행동하고, 운명이 자신에게 준 몫을 감사히 받아들인다. 또한 모든 근심과 잡념을 멀리 한 채 유일한 '야망'을 실현한다. 이 야망이란 정도를 따라 바른 길을 걷는 것이다. 그것이야말로 신의 충실한 종으로 사는 삶이기 때문이다.

12 내가 할 일이 무엇인지 알아낼 수 있는 힘을 갖고 있는데 왜 짐작하려 드는가? 길이 보이면 순수한 마음으로 뒤돌아보지 말고 똑바로 전진할 것이며, 길이 보이지 않으면 기다리면서 지혜를 구하라. 만약 장애에 부딪치면 내가 가진 재원의 한계에 이를 때까지 조심스럽게 나아가되, 정의가 가르치는 방향을 따르라. 정의를 실현하는 것이야말로 성공의 절정이다. 그러나 대부분의 사람들은 그것을 시도하는 단계에서 실패한다.

매사에 이성을 따르는 자는 분주한 가운데 고요함이 있고, 차분한 가운데 기분 좋은 흥분이 있다.

13-1 매일 하루 일과를 시작하기 전에 자신에게 질문하라. "정의롭고 올바른 일을 내가 아닌 다른 사람이 한다면, 그것이 내가 하는 것과 어떤 차이가 있는가?" 대답은, "차이가 있을 수 없다." 이다.

13-2 거만하게 찬사를 늘어놓거나 비난을 퍼붓기 좋아하는 사람들은 자신의 침실이며 식탁 등 사사로운 공간에서도 똑같은 짓을 되풀이한다. 그런 부류의 사람들이 그동안 했던 행실을 기억하라. 그들이 기피하는 것과 그들이 집착하는 것이 무엇인지, 그들이 어떤 도둑 심보를 갖고 있으며, 어떤 비리를 저지르는 인간들인지 잊었는가? 그런 부류의 사람들은 이러한 부적절한 행위를 단지 손과 발로만 저지르는 것이 아니다. 이들은 인간이 소유하고 있는 것 가운데 가장 고귀한 이성을 신뢰, 겸손, 진실, 도덕을 비롯한 모든 미덕의 원천으로 삼는 대신 악덕을 저지르는 데 사용한다.

14 자연은 만물을 빚어냈다가 때가 되면 이 모든 것을 거두어들인
   다. 그러므로 겸손하고 지혜로운 자는 자연에게, "뜻하시는 대
   로 주시고, 뜻하시는 대로 거두어들이소서!"라고 말할 수 있다.
   이는 자연에 대한 반발심에서가 아니라, 자연에 순종하는 마음
   과 선의에서 우러나오는 것이다.

15 여생이 몇 년 남지 않았다. 이제부터는 마치 산꼭대기나 허허벌
   판에 버려진 사람처럼 살도록 하라. 내가 어디에 있든 내가 있는
   그곳이 바로 나의 조국이라고 생각하고, 나 자신을 그 나라의 시
   민이라고 여겨라. 황무지 같은 땅에서 오로지 자연의 법칙을 준
   수함으로써 진정한 의미의 인간이 무엇인지 보고 깨달으라. 이
   를 받아들일 수 없다면 그냥 죽어 없어지게 하라. 그런 사람에게
   는 죽는 것이 사는 것보다 낫다.

16 선량한 사람은 무엇인가를 두고 논쟁하는 데 시간을 허비하지
   않고 그저 선한 인간이 되도록 노력한다.

17 시간의 영원성과 우주의 광대함을 늘 생각하라. 거기에 비추어
   보면 각 개체는 한 톨의 작은 씨앗에 불과하고, 시간은 찰나에

지나지 않는다.

18 존재하는 모든 것을 눈여겨보라. 이들은 변화와 해체의 과정에 있거나, 이미 소멸했거나 쇠퇴하는 과정에 있거나, 혹은 자연의 순리에 따른 운명을 맞이하고 있다.

19 먹고, 자고, 생식과 배설 행위를 통해 인간이 어떤 존재인지에 대해 고찰해보라. 그런 다음 저 높이 올라 사람들이 오만하게 구는 모습, 화를 내는 모습, 혹은 남을 꾸짖을 때 어떤 모습을 하는지 보라. 얼마 전만 해도 그 누군가, 혹은 그 무엇인가에 매달려 노예처럼 굴던 사람들이 찰나의 순간에 어떤 운명을 맞이하게 되는지 생각해보라.

20 자연이 우리에게 주는 그 모든 것은 우리 자신을 위한 것이며, 보편적 본성이 요구하는 그 순간에 가장 필요로 하는 것이다.

21 "메마른 대지는 소나기를 좋아하고, 거룩한 대기는 한가득 머금고 있던 비를 기쁜 마음으로 대지에 뿌린다."고 에우리피데스가 말했다. 이처럼 우주는 이루어져야 할 일이 이루어지는 것을

원한다. 그러니 나도 우주가 좋아하는 일을 좋아한다고 말하리. 아마도 이런 이유로 우리 인간들은 늘 "그것이 일어났으면 좋겠다."고 말하는 게 아닐까?

22 살거나 죽거나 둘 중 하나다. 이 세상에서 계속 살아야 할 운명이라면 세상살이에 잘 적응되어 있는 곳에서 살거나, 아니면 자유롭게 원하는 곳을 찾아가라. 만약 죽는다면, 이는 내가 할 일을 다했다는 것이다. 그 외에는 다른 선택의 여지가 없으니 말이다. 그러니 긍정적인 자세를 가져라.

23 내가 살고 있는 이 땅은 여타 다른 곳과 별다를 것이 없으며, 이 땅에 있는 모든 것을 산꼭대기나 바닷가, 그 외에 내가 원하는 그 어느 곳에 옮겨놓더라도 달라지는 것은 없다. 그러니 플라톤이 한 말은 참으로 옳다. "도심의 성벽 내에서 사는 것이나 산꼭대기에 쳐놓은 울타리 안에서 양 떼의 우유를 짜며 사는 것이나 결국은 마찬가지다."

24 지금 내가 가장 귀하게 여기는 신념은 무엇인가? 그것을 실현하기 위해 무얼 하고 있는가? 어떤 목적을 위해 그것을 사용하려

는가? 그것은 비상식적인 것은 아닌가? 그것은 나로 하여금 사회 집단에서 소외시켜 떨어져 나오게 하는 것은 아닌가? 그것은 미천한 육신과 유착되어 육신의 의지대로 흔들리고 동요하는 것은 아닌가?

25 주인에게서 달아난 노예를 우리는 '도망자'라고 부른다. 우리의 주인은 자연이 정한 법이다. 따라서 이 법을 어기는 자는 그가 누구든 도망자다. 비통해하거나 분노하거나 두려워하는 자는 우리의 법이자 지배자인 자연이 각각의 개체에 어울리도록 과거, 현재, 혹은 미래에 지정해줄 그 무엇에 불만이 있어서 그렇다. 따라서 두려워하거나 비탄에 빠진 자는 도망자라고 할 수 있다.

26 남자가 자궁에 씨앗을 뿌리고 가면, 또 다른 힘이 씨앗을 넘겨받아 아기를 만들어낸다. 이 얼마나 신기한 조화인가! 음식을 목구멍으로 넘기면 이번에도 또 다른 힘이 이를 감각과 에너지로 만들어주기 때문에 우리는 많은 것을 누리며 건강하고 순탄하게 살아가고 있다. 이처럼 신기한 일들은 그 외에도 얼마나 많은가. 자연의 이러한 원리에는 어떤 힘이 작용하는지 생각해보라.

이는 눈으로 물건을 들어 올렸다 내렸다 하는 것을 보는 것과는 차원이 다른 힘이다.

27 지금 존재하는 모든 것은 과거에도 똑같이 존재했으며, 앞으로도 똑같이 존재하게 될 것들이다. 내가 지금껏 경험했거나 옛 역사를 통해 배운 것과 똑같은 드라마가, 똑같은 형태의 무대 위에서 지금 내 눈앞에 펼쳐지고 있다. 예컨대 하드리아누스, 안토니누스, 필리포스, 알렉산드로스, 크로이소스 등 과거의 제왕들이 살았던 궁정에서 벌어졌던 일을 상기해보라. 그것이 지금 우리가 보고 있는 것과 같은 드라마라는 사실을 알 수 있다. 다만 무대 위의 배우가 달라졌을 뿐이다.

28 슬픔에 잠겨 있거나 불만에 찬 사람들을 보며 꽥꽥거리고 발버둥을 치면서 도살장에 끌려가는 돼지를 생각해보라. 돼지 같은 사람들이 또 있다. 저 혼자 방구석에 틀어박혀 우리를 결속하는 유대관계에 불만을 품고 넋두리를 늘어놓는 자들이다. 자신에게 주어진 조건에 맞게 자신의 의지를 따르는 것은 이성적인 동물에게만 주어진 특권이다. 따라서 신이 만든 모든 피조물이 이를 따르는 것은 필연이다.

29 내 수중에 뭔가가 들어올 때마다 잠시 일손을 멈추고 스스로에게 물어보라. 내가 죽음을 끔찍하다고 생각하는 것은 죽음이 내게서 이것을 앗아가기 때문일까?

30 주변 사람이 못마땅한 행동을 하여 나를 화나게 하면 우선 나 자신을 되돌아보라. 그리고 나에게도 그와 유사한 점이 없는지 곰곰이 살펴보라. 예를 들어 '부, 명예, 쾌락 따위를 좋은 것인 줄 알고 탐낸 적이 없었는가?'라는 생각과 함께 그 사람이 그렇게 행동할 수밖에 없었다는 사실을 이해하게 되면 분노가 가라앉을 것이다.

'그 사람에게서 무얼 기대할 수 있단 말인가?'라는 질문을 던진 뒤 능력이 닿는다면 그가 그렇게 행동할 수밖에 없도록 만든 강박관념으로부터 그 사람을 구하도록 하라.

31 소크라테스학파인 사티론을 보면서 에우티케스와 히멘을 생각하고, 에우프라테스를 보면서 에우티키온이며 실바누스를 생각하고, 알키프론을 보면서 트로파이오포로스를 생각하고, 크세노폰을 보면서 크리톤이며 세베루스를 생각하라. 나 자신을 보면서 다른 황제들을 생각해보라. 그 외의 사람들에 대해서도 이

런 식으로 적용해보라. 그러면 문득 이런 생각을 하게 될 것이다. "그 사람들은 지금 모두 어디에 있는가?" 아무데도 없다. 아무도 그들이 지금 어디에 있는지 모른다. 이런 생각을 거듭하다 보면 유한한 우리의 인생을 안개, 혹은 텅 빈 허공처럼 보는 데 익숙해질 것이다. 게다가 한번 변화한 것은 아무리 오랜 시간이 지나도 절대 같은 모습으로 되돌아오지 않는다는 것을 생각하면 그것은 명약관화한 진실이다. 우리에게 허락된 시간은 얼마 남지 않았다. 이 짧은 생애를 왜 제대로 살다 가려 하지 않는가? 살면서 맞닥뜨리는 크고 작은 고난과 시련의 본질을 주의 깊게 관찰해보면 이러한 것들이 우리의 이성을 훈련시키는 가장 좋은 기회요 재료임에도 불구하고 우리가 얼마나 많은 기회와 재료를 허비하고 말았는지 알 수 있을 것이다. 그러니 인내심을 갖고 기꺼이 고난을 받아들이고, 이를 통해 나를 연마시켜라. 마치 섭취한 음식물은 뭐든 소화해내는 건강한 위장처럼, 아니 무엇이든 던져주면 빛을 뿜으며 불꽃으로 화해버리는 그 무엇처럼 말이다.

32 그 누구도 나를 두고 솔직 담백하지 못하다고 할 만한 빌미를 제공하지 마라. 그렇게 믿는 사람이 있다면 나에 대한 그의 생각이

근거가 없음을 증명하도록 하라. 이는 모두 나 자신이 하기 나름이다. 왜냐하면 그 누구도 내가 솔직 담백해지는 것을 막을 수 없기 때문이다. 만약 그렇게 살 수 없다면 더 이상 사는 것을 포기하라. 왜냐하면 그렇게 살지 못할 경우 내가 지닌 이성도 나의 생존을 바라지 않을 것이기 때문이다.

33 인간의 본질을 놓고 볼 때 내가 입 밖에 내어 말할 수 있는 최선의 언행言行이 무엇인지 생각해보라. 어떤 상황에 처하든 나는 늘 최선의 말을 할 수 있는 능력을 지니고 있음에도 불구하고 마치 누군가가 그것을 가로막는 것처럼 변명하지 마라.

본질적으로 타고난 것이든 노력을 통해서든 우리는 '주어진 환경에서 인간으로서 마땅히 해야 할 의무'를 행하면서 '쾌락주의자들이 방종에서 얻는 것과 동일한 쾌락을 얻게 되기 전'에는 절대 불평을 멈추지 못할 것이다.

즐긴다는 것이 무엇인가. 그것은 나의 본성이 요구하는 것을 마음껏 만끽하는 것이다. 이는 다음의 사례를 통해 깨칠 수 있다. 원통은 마음대로 굴러다니는 특권을 항상 누릴 수는 없다. 또한 자연의 지시에만 따르는 불이나 물 등 비이성적인 존재들 역시 마찬가지다. 그들에게는 스스로의 행동을 결정할 특권이 주어지지 않았다. 이들 피조물에는 자발적인 행동을 방해하는 요인이 있기 때문이다. 그러나 '마음'과 '이성'은 본연의 능력이나 의지력만으로도 그 어떤 장애도 헤치고 나아가 제 갈 길을 갈 수 있다. 마치 불이 저 높이 타오르듯, 돌이 저 아래로 굴러 떨어지듯, 원통이 경사진 비탈을 굴러 떨어지듯, 이성이 모든 장애물을 헤치고 수월하게 제 갈 길을 찾아갈 수 있도록 하라. 그 외에 무엇을 더 바란단 말인가.

신이 창조한 다른 피조물은 장애를 만나면 파괴당할 수 있다. 그러나 이성적 동물인 인간이 장애를 만나 파괴당하는 경우는 장애에 대한 선입견으로 판단력이 흐려져 스스로를 포기하게 되면서 일어난다. 만약 그렇지 않다면 장애물이 방해한 존재들은 즉시 퇴행하고 말았을 것이다.

창조주의 다른 피조물들은 불의의 사고를 당하게 되면 파손을 막는 것은 불가능하다. 하지만 인간은 시련을 어떻게 받아들이느냐에 따라 오히려 전보다 더 훌륭하고 가치 있는 인물로 거듭날 수 있다.

이것 또한 기억하라. 국가에 피해를 주는 것이 아니면 그 무엇도 한 사람의 시민에게 진정한 피해를 줄 수 없으며, 율법을 손상시키지 않는 한 그 무엇도 도시를 파괴할 수 없다. 불운 역시 마찬가지다. 우리가 흔히 말하는 불운은 율법을 훼손시키지 못한다.

따라서 율법을 훼손시키지 않는 것은 그 도시나 그 시민을 훼손하지 못한다.

34 진리의 기본 원칙을 마음속 깊이 새기고 있는 사람은 아주 짧은 교훈이나 간단하고 상식적인 조언만으로도 비통함과 괴로움에서 벗어날 수 있다.

예를 들어, "자식이란 무엇인가. 바람이 불면 떨어져 뒹구는 낙엽과 다를 것이 없다."는 문구를 생각해보자.

내가 사랑하는 자식이 저 떨어지는 낙엽과 다를 것이 없는 존재라는 것이다. 자식은 물론 충성을 다해 내게 박수를 쳐주며 찬사를 쏟던 사람들, 돌아서서 욕지거리를 내뱉던 사람들, 안 보이는 곳에서 코웃음을 치며 모욕했던 사람들 역시 낙엽과 다름없는 존재다. 내가 죽고 난 뒤 나의 명성을 이야기하게 될 낯모르는 이들 역시 낙엽과 같다.

어느 시인이 말한 '봄이 되어 피어나는 꽃들'은 순식간에 바람에 날려가 버리고, 그 빈자리를 새로운 잎으로 채운다.

모든 살아있는 존재는 잠깐 머물다 갈 뿐이다. 그런데도 영원히 살 것처럼 무엇을 두려워하며 피하고, 무엇에 마음이 쏠려 집착한단 말인가. 머지않아 어둠이 온다. 나를 무덤에 묻어줄 사람들 위에도 머지않아 애도의 눈물이 떨어질 것이다.

35 건강한 눈은 가시적인 모든 것을 보되, 녹색이 아니면 보지 않겠다는 말은 하지 않는다. 그런 말을 하는 사람은 병든 눈을 가졌기 때문이다. 건강한 청각과 후각을 지녔다면 뭐든 들을 수 있고, 냄새 맡을 수 있는 준비가 되어 있다. 또한 건강한 위장은 무엇이든 갈아내는 맷돌처럼 무슨 음식이든 처리해낸다. 마찬가지로 건강한 이성을 가진 사람은 어떤 난관도 헤쳐 나갈 준비가 갖춰져 있다. "내 자식을 살려내라."거나 "사람들로부터 원 없이 칭송을 받게 해달라."는 것은 녹색만 보기를 고집하는 눈, 부드러운 음식만 고집하는 이를 가졌다고 할 수 있다.

36 죽어갈 때 곁에서 죽음을 기뻐하는 사람이 없다면 그는 참으로 복된 자다. 아무리 현명하고 후덕하게 산 사람이라 할지라도 마음속으로, "이제 우리는 주인이 없어졌으니 자유롭게 숨 쉴 수 있겠군."이라든지 "그 누구에게도 모질게 대한 적은 없었지만 늘 우리를 경멸한다는 느낌을 받았다."며 즐거운 비명을 지르는 사람 한둘이 없겠는가? 도덕군자같이 살았던 사람의 경우가 이럴진대 하물며 일반 범부들이야, "하늘이 제거해버려 속이 시원

하군."이라는 생각을 갖게 할 오점이 얼마나 많겠는가!

운명의 때가 다가오면 이런 생각을 해보라. 그리하면 죽음이 훨씬 수월해질 것이다. "내가 그토록 도와주고, 기도해주고, 아껴주었던 사람들이 이처럼 내가 죽기를 바라는 세상, 아니 내가 죽은 뒤 뭔가를 얻고 싶어 하는 세상을 이제 미련 없이 떠나리. 이런 세상에서 조금 더 살겠다고 바동거릴 이유가 뭐가 있단 말인가?"

하지만 이런 이유로 그들에 대한 예의를 거두지는 말라. 예전과 다름없이 선의와 자비, 인정을 베풀도록 하라. 그리고 떠나는 것을 안타깝게 여기는 대신 영혼이 육신으로부터 빠져나가는 것을 홀가분하게 여기며 세상을 떠나도록 하라. 과거에 자연은 나를 이들과 인연을 맺게 해주었고, 그들 무리 중 한 사람이 되게 해주었다. 이제 그 인연의 사슬에서 풀려나는 것이다. 그리하여 나는 내 가까운 이웃들로부터 아무런 저항이나 강요를 할 필요 없이 해방된 것이다. 이것은 또 다른 자연의 섭리일 뿐이다.

37 누군가가 어떤 행동을 할 때마다 습관적으로 이런 질문을 하라. "그는 무슨 목적으로 이런 행동을 할까?" 그러나 이 질문은 나에

게 먼저 할 일이다. 그 무엇보다 먼저 나에게 이 질문을 하라.

38 우리의 마음을 조종하는 끈은 깊은 내면에 숨겨진 은밀한 힘이다. 바로 그곳에 설득의 목소리, 생명 바로 그 자체, 인간 그 자체가 있다. 이 힘을 나를 감싸고 있는 육신이나 거기에 딸린 내장과 절대로 혼동하거나 섞지 말라. 그러한 것들은 단지 신체에 붙어 있는 일부분일 뿐이다. 육신을 움직이고 감시하는 내면의 힘이 없다면 각각의 신체 부위라는 것도 한낱 작가의 펜, 마부의 채찍, 혹은 직녀의 베틀이 지닌 힘보다 나을 것이 없다.

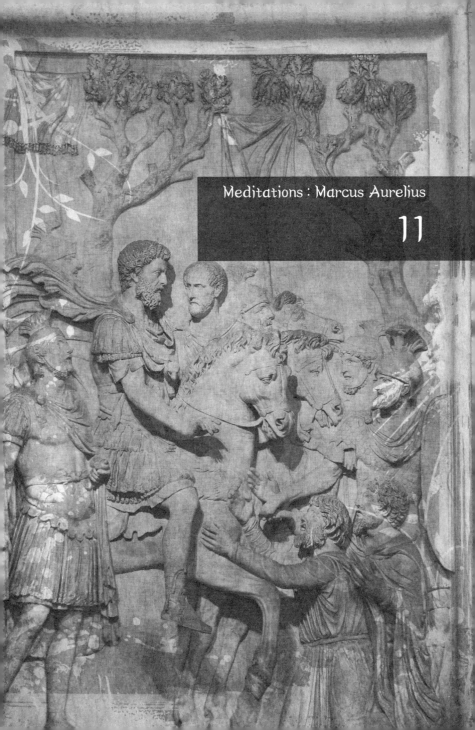

Meditations : Marcus Aurelius

11

1   이성적 존재에게 내재된 정신에는 몇 가지 특징이 있다. 먼저 그
     정신은 자신에 대해 명상하고, 분석하고, 자신의 선택에 따른
     가치를 형상화한다. 동식물의 경우 열매를 맺으면 사람이나 다
     른 짐승이 그 열매를 거두어간다. 하지만 이성은 생명이 끝나는
     기간이 언제든 간에 제 자신이 맺은 열매를 수확해 원래의 목적
     을 이룬다.

     춤이나 무용 등 공연의 경우, 어느 한 부분이라도 부족하면 공연
     이 불완전해지지만, 이성은 그 어느 단계에서 멈추더라도 원래
     예정되었던 일을 완수하고 목적을 실현한다. 그래서 "나는 내
     몫을 다했다."고 말할 수 있는 것이다.

     또한 이성적 존재에게 내재된 정신은 우주라는 광활한 공간을

섭렵할 수 있으며, 그 형태를 분석할 수 있고, 시간의 무한대까지 확장하여 만물이 생성과 소멸을 되풀이하는 것을 통해 처음부터 그 끝을 이해할 수 있다. 따라서 우리의 후세대들은 우리가 보지 못한 전혀 새로운 것을 보는 일이 없을 것이며, 전세대 사람들 역시 우리가 보지 못한 것을 보지 않았음을 안다. 인생을 사십 년 정도 살았고, 얼굴에 눈이 달린 사람이라면 이미 과거에 있었던 일과 미래에 일어날 일들을 모두 지배하고 관장하는 자연의 섭리가 지닌 미덕을 이미 다 본 셈이다.

그 외에도 이성적 존재에 내재된 정신이 가진 속성으로는 이웃에 대한 사랑, 진실, 겸손이 있으며, 그 정신은 다른 모든 것에 우선해 제 자신을 소중히 여긴다. 그러므로 올바른 이성은 정의로운 이성과 같다고 볼 수 있다.

2 좋은 노래나 무용, 혹은 스포츠 경기의 유혹에 빠져들지 않으려면 어떻게 해야 할까? 음악의 경우 선율을 개별 음으로 나눈 뒤 그것을 들어보고, "내가 거부하지 못하는 것이 바로 이것이란 말인가?"라고 자문해보라. 춤이나 경기도 마찬가지다. 무용수나 스포츠 선수의 개별 동작을 떠올려보라. 그 외에 쾌락을 주는 다른 것들도 그렇게 적용해보라. 하지만 미덕과 미덕에 속하는

행위는 예외다. 미덕의 경우 개별적으로 분석한 뒤 미덕의 실현에 방해가 되면 그것의 유혹에서 빠져 나오도록 하라. 이런 방식을 삶의 모든 부분에 적용하라.

3   육신을 떠나야 할 때가 오면 언제라도 떠날 준비를 하고 있어야한다. 소멸되거나 해체되거나 아니면 영속할 준비를 갖추고 있는 사람은 참으로 행복하다. 하지만 이런 준비는 기독교인들의 경우처럼 외부의 영향이 아니라, 스스로의 신중한 판단에 따른 것이어야 하며, 다른 사람에게 과시하기 위한 것도 아니어야 한다.

4   나는 공익을 위해 애타적 행동을 한 적이 있는가? 그렇다면 '거기에 대한 보상은 내가 이미 받았다'는 생각을 항상 간직하라.

5   너는 어떤 재주를 가졌는가? '선한 자가 되는 것이다.' 하지만 우주 만물의 본성과 인간 고유의 본성에 대한 철학적 통찰 없이 어떻게 이런 재주를 성공적으로 익힌단 말인가!

6   처음에는 비극이 무대에 올려졌다. 이 초기의 비극은 세상에 무슨 일이 일어나는지, 이러한 일은 자연의 순리와 어떤 인과관계

가 있는지를 계몽했다. 예컨대 작은 무대에서 본 것을 이해했다면 보다 큰 무대인 현실에서 일어나는 사소한 일에 대해 불안해하거나 초조해해서는 안 된다는 사실을 계몽한 것이다. 이러한 연극을 통해 우리는 인간의 모든 행위는 필연적 귀결이 따른다는 사실을 알 수 있었다. 그래서 때로는 "오, 키타이론이여!"(『오이디푸스 왕』에서 인용한 것으로 모든 것이 신탁대로 되었다는 사실을 알고 오이디푸스가 키타이론 산에서 죽지 못한 것을 탄식하는 말이다.)이라는 탄식이 입에서 흘러나오지만, 그럼에도 불구하고 우리 인간은 그 어떤 시련도 견뎌낼 수 있음을 보았다. 이런 교훈 외에도 고대 비극에는 아주 뛰어난 명구가 있음을 알 수 있다. 그 중 특별한 것을 몇 가지 고르자면 이런 것이 있다.

"나와 내 자식들이 신의 마음을 움직이지 못했다면, 거기에는 타당한 이유가 있을 것이다."　　　　　　－에우리피데스의 『안티오페』 중에서

혹은

"인간의 영혼이여, 세상에서 일어나는 일들에 대해 분노하지 말라!"　　　　　　　　　　　　－에우리피데스의 『벨레로폰테스』 중에서

혹은

"각자의 인생은 곡식 자루를 거두듯 거두어들여야 하오."

　　　　　　　　　　　　　　　－에우리피데스의 『히프시필레』 중에서

비극이 막을 내리자 고대의 희극이 등장했다. 고대 희극은 쉬운 언어로, 단도직입적이고 자유로운 표현을 통해 당대인의 나태함에 경각심을 일깨워주었다. 디오게네스도 같은 목적으로 이와 유사한 기법을 사용했다.

이후 중세의 희극에 뒤이어 등장한 현대 희곡을 보라. 이들 희곡은 너무나 빨리 조악한 광대극으로 변질되고 말았다. 이 후기의 극작가들도 좋은 문구를 많이 남겼다는 것은 누구나 알고 있다. 하지만 대본이나 무대공연에서나 이렇다하게 배울 것은 없다.

7   지금 내가 처한 현실보다 철학을 실현하기에 더 훌륭한 조건은 없다.

8   나뭇가지에서 잘려나간 잔나무가지는 절연될 수밖에 없다. 인간도 이처럼 자신이 속한 무리에서 이탈하게 되면 공동체에서 떨어져 나오는 운명을 맞게 된다.

나뭇가지의 경우 사람의 손에 의해 절단되는 것이지만, 인간은 증오나 분노 때문에 스스로 타인과 절연한다. 그런데 이들은 이웃과 절연하는 순간 자신이 사회 공동체로부터 단절된다는 사실을 인식하지 못한다. 하지만 인간사회를 꾸며주신 제우스신은 우리에게 특별한 은총을 내리셨다. 즉 이웃과 다시 화합하여 지낼 수 있는 능력을 부여해주신 것이다.

문제는 이런 절연이 자주 반복되면 공동체와의 재결합이 점점 힘들어지면서, 원래의 관계를 회복하기가 어려워진다는 것이다. 나뭇가지의 경우 처음부터 하나의 줄기에서 자라 꾸준히 생명을 공급받아 왔던 가지와 한번 절연되었다가 접붙이기로 자란 가지와는 차이가 있다. 이 때문에 정원사들은 "한 나무에서 났지만 각기 다른 마음을 가지고 있다."고 하는 것이다.

9   내가 올바른 이성에 따라 행동할 경우 그 어떤 방해꾼도 나에게 상식에 어긋난 행동을 할 수 없다. 그러니 누군가가 나에게 해를 입혔다고 해서 관대함을 잃어서는 안 된다. 꿋꿋한 결의와 실천력, 그리고 나를 방해하거나 괴롭히는 사람들에 대해 변함없는 친절을 베풀어야 한다. 반대로 타인에게 화를 참지 못하는 것은 두려움에 굴복해 내 의지력을 꺾은 것이나 다름없다.

이 두 가지 상황 모두 자칫하면 제가 있어야 할 자리를 박차고 나올 수 있다. 후자의 경우가 두려움과 용기 부족 때문에 일어날 수 있는 일이라면, 전자의 경우는 나의 형제자매이자 친구들과 절연했을 경우 일어날 수 있는 일이다.

10   예술은 자연이 가진 그 어떤 것도 있는 그대로 재현해낼 수 없
     다. 왜냐하면 예술품이란 자연의 피조물을 모방한 것에 지나지
     않기 때문이다. 우주의 모든 것을 포괄하는 자연을 예술이라는
     기능과 재주로 모방한다는 것은 불가능하다. 모든 예술 활동은
     자연에 비해 열등한 기술로, 보다 우월한 자연을 지향하는 하위
     적 작업이기 때문이다. 모든 미덕의 원천인 정의도 마찬가지다.
     보다 열등하고 하위적인 것에 마음을 빼앗겨 속아 넘어가거나,
     부주의하여 변덕을 부린다면 진정한 의미의 정의를 실현하지
     못한다.

11   인간이 고뇌나 번민에 사로잡히는 근본 원인은 뭔가를 추구하
     느라 지나치게 집착하거나 뭔가를 피하고 싶어 하기 때문에 일
     어나는 감정이다. 따라서 이러한 감정은 그 자체가 나를 찾아오
     는 것이 아니라 내가 찾아가는 것이다. 그러니 '집착'이나 '기피'
     와 관련된 모든 생각을 중단하라. 그러면 고뇌나 번민은 더 이상
     일어나지 않을 것이며, 나 역시 더 이상 그걸 잡거나 피하려고
     이리 뛰고 저리 뛰는 수고로움에서 해방될 것이다.

12   영혼은 완벽한 원형이다. 더 이상 밖으로 확장되지도 않고, 안

으로 오그라들지도 않는다. 또한 쪼개지지도 않으며 무너지지도 않는다. 영혼은 밝게 빛나고 있어, 이 빛을 통해 안팎의 모든 진리를 본다.

13   누군가가 나를 경멸했다고 가정해보자. 그러나 이는 나를 경멸한 당사자의 문제다. 내가 진정 신경 써야 할 부분은 내가 타인에게 경멸당할 만한 말이나 행동을 하지 않도록 경계하는 일이다. 그가 나를 증오했는가? 그것은 그 사람의 문제다. 그러므로 나는 변함없이 모든 사람에게 온유한 얼굴로 친절하게 대해야 한다. 그러나 누군가가 그릇된 행동을 저지르면 나의 인내심을 과시하기보다 기품 있고 정직하게 그의 잘못을 지적해야 한다. 이것이 인간이 지녀야 할 올바른 자세다.

하지만 어떤 일이 있어도 신에게 불만을 품어서는 안 된다. 어떤 수단과 방법을 써서라도 사회의 안녕과 복지를 증진시키는 데 전념하고, 인간의 본성인 선을 지향하며, 위대한 자연이 주신 것을 기꺼이 받아들인다면 어떤 일도 나를 괴롭힐 수 없다.

14   사람은 서로 경멸하다가도 아첨하는 사이가 되고, 서로 이기려고 다투다가도 어느 한쪽이 고개를 숙이는 사이가 된다.

15 　"이제부터 당신을 공정하게 대하기로 결심했소."라고 말한다는
　　것은 얼마나 오만하고 불성실한가. 무슨 목적으로 그런 말을 한
　　단 말인가. 그런 말은 입으로 내뱉는 것보다 행동으로 드러나야
　　하기 때문이다. 진심은 이마에 씌어 있어야 한다. 단 한 차례 눈
　　빛만 보아도 서로의 마음을 읽을 수 있는 연인들처럼 목소리에
　　서 진심이 느껴져야 한다. 진실을 말하는 순간 눈빛이 반짝이는
　　빛을 보여야 한다. 진실과 선은 강렬한 냄새를 지니고 있어, 그
　　것을 간직한 사람이 곁에 오기만 해도, 원하든 원치 않든 그 냄
　　새를 맡을 수 있다. 가식으로 꾸민 진심과 선은 단도를 숨기고
　　있는 것과 같다. 거짓 우정보다 더 가소로운 것은 없으니, 이를
　　당장 벗어 던져버려라. 진실과 선은 두 눈에 훤히 드러나는 것이
　　므로 착각의 여지가 없다.

16 　완벽하고 만족스럽게 살길 원한다면 내 마음이 '근본적으로 무
　　의미한 것'에 무감각해지도록 훈련하라. 그러려면 우선 그 대상
　　을 부분으로 나누어 조심스레 분석해보고, 그 다음에는 그 부분
　　이 구성하는 전체를 분석해보라. 이때 그 부분이나 전체는 내가
　　어떤 생각을 하든 이래라 저래라 간섭할 수 없다는 사실을 염두
　　에 두라. 즉 이 부분이나 전체는 내게 접근하지 못하도록 정지된

상태에 있다. 그런데도 거기에 대해 옳고 그르다고 판단을 내리는 것은 나 자신이고, 그러한 판단을 내 마음에 각인시키는 것도 나 자신이다. 그것을 마음에 각인시키느냐 마느냐는 내가 결정할 일이다. 그럼에도 불구하고 나도 모르는 사이에 그것이 마음에 각인되어 있다면 즉시 지워버리는 것은 내 의지로 가능한 일이다.

아울러 우리 인생의 경주가 곧 끝난다는 사실을 기억한다면, 이러한 것들에 마음을 빼앗기고 있을 시간이 그리 많지 않음을 알게 될 것이다. 그러니 사소한 일로 화내지 말라. 자연이 내게 준 것은 어떤 것도 문제 삼지 말고 만족하라. 만약 자연의 순리에 어긋나는 것이라면, 나 자신의 본성이 수용할 수 있는 것이 무엇인지 찾아보라. 비록 그것이 명예로운 일이 아닐지라도 그것을 향해 정진하라. 인간이라면 누구나 제 자신의 선을 추구할 권한이 있다.

17 만물의 근원은 무엇이며, 그 구성 요소는 무엇이고, 그것이 어떻게 변하며, 변한 다음에는 어떻게 되는지 생각해보라. 그리고 그 무엇도 그것을 훼손할 수 없음을 자각하라.

18 누군가가 내 감정을 상하게 했는가? 그렇다면 그와 나는 어떤 관계인지 먼저 생각해보고, 우리는 서로를 위해 존재한다는 사실을 잊지 말라. 또 다른 관점에서 바라보면 나는 그들을 보호하고 이끌기 위해 태어났다. 마치 양 떼를 이끄는 숫양이나 소 떼를 이끄는 수소처럼. 그리고 다음의 원칙을 되새겨보자. 세상이 단순한 분자의 결합체가 아니라면 자연에 의해 지배되고 있다는 사실을 말이다. 그것을 보다 큰 틀에서 생각해보면 보다 낮은 곳에 있는 피조물은 보다 높은 곳에 있는 피조물을 지지하고, 보다 높은 곳에 있는 피조물들은 서로를 지지한다는 사실을.

둘째, 밥을 먹을 때나, 침대에 있을 때나, 그 외 다른 사사로운 자리에서 나를 분노케 하는 이가 어떤 사람인지 생각해보라. 특히 그들의 사고가 어떤 지배적 충동에 휘둘리는지, 그들이 자부심을 느끼는 요소가 무엇인지 생각해보라.

셋째, 만약 그들의 행동이 옳다면 내가 화를 낼 이유가 없다. 만약 그들이 옳지 않다면, 이는 무지로 인해 일어난 무의식적 행동일 뿐이다. 왜냐하면 '그 어떤 사람도 의도적으로 진리와 멀어지지 않는 것'처럼, 그 누구도 다른 사람이 받아 마땅한 대접을 의도적으로 거부하지는 않기 때문이다. 이 말이 사실인지 확인하고 싶다면 '그'가 사람들로부터 정의롭지 못하다, 인색하다, 감

사할 줄 모른다는 등의 비난을 받았을 때 분개하는 모습을 지켜
보라.

넷째, 나 역시 허물 많은 사람으로, 나를 분노케 하는 이들과 별
다를 것이 없다는 사실을 생각하라. 비록 확연히 드러나게 잘못
을 저지른 일이 없다 하더라도 과거에 비겁했고, 명예를 좇느라
허둥거렸던 일 등을 참작해볼 때 언제든 잘못을 저지를 수 있는
잠재성을 지니고 있음을 자각하라.

다섯째, 그가 정말 잘못했는지 아닌지 내가 정확하게 알지 못한
다는 사실을 생각하라. 왜냐하면 나는 그 일이 일어날 당시의 구
체적 정황을 알지 못하고, 그 사람이 어떤 상황에서 그러한 행동
을 했는지 겉으로 드러난 정황만으로 판단할 수 없기 때문이다.
다시 말해 타인의 행동에 대해 올바르게 판단하려면 눈에 보이
지 않는 많은 것들을 제대로 알아야 한다.

여섯째, 견디기 어려울 정도로 분노가 치밀거나 깊은 통탄에 빠
졌을 때는 사람의 인생은 극히 짧은 일순간일 뿐이며 머지않아
우리는 모두 죽어 땅에 묻힐 운명이라는 사실을 생각해보라.

일곱째, 나를 심란하게 하는 것은 타인의 행동이 아니다. 다른
사람의 행동은 그 사람이 자신의 신념에 따라 행한 일이므로 나
의 문제가 될 수 없다. 진정으로 나를 심란하게 하는 것은 내 생

각이다. 내 마음속에 일어나는 생각을 없애버려라. 그리고 누군가의 행동에 대해 중대한 잘못이 있다고 생각했다면 그 생각을 떨쳐버리면 분노는 사라진다. 그렇다면 어떻게 해야 이런 생각을 떨칠 수 있을까? 다른 사람의 잘못된 행동은 절대 나에게 수치를 안겨주지 못한다는 사실을 깨달아라. 이를 용납할 수 없다면 나는 상대가 망신을 주었다는 이유로 도둑이나 그 외의 범죄자가 저지르는 것과 똑같은 전철을 밟게 될 것이다.

여덟째, 나를 화나게 하고 분노케 한 그들의 행동보다 그들에게 화내고 분노하는 나의 행동이 훨씬 더 큰 고통을 초래한다는 사실을 자각하라.

아홉째, 억지웃음이나 가식이 아닌 진심에서 우러나온 행동은 언제나 승리한다. 내게 잘못을 저지른 자에게 내가 변함없이 친절을 베풀면 상대가 아무리 철면피한 사람일지라도 내 앞에서 무력해진다. 누가 내게 잘못을 저지르면 기회가 있을 때 부드럽게 나무라도록 하라. 상대방이 악의를 품고 덤비면 그 사람을 조용히 불러내, "이보게, 우리가 이러라고 생겨난 것이 아니지 않는가. 이렇게 하면 해를 입는 것은 내가 아니라 바로 자네라네." 하고 조용히 타이르라. 타이를 때는 정중하게 잘못을 지적하고, 평이한 언어를 쓰도록 하라. 덧붙여서 꿀벌이나 다른 미물도 이처럼 행동하지 않는다는 것을 지적해주라. 잘잘못을 따지거나 빈정대지 말고, 악의 없이 진솔한 사랑을 담아 타이르라. 선생처럼 훈계하려 들지도 말고, 주변 사람들의 찬사를 염두에 두지도 말라. 만약 옆에 다른 사람들이 있을 경우, 나와 상대방 두 사람만 조용한 곳에 있는 것처럼 타이르라.

이 아홉 가지 규칙을 마치 뮤즈 신으로부터 받은 선물처럼 지키고 따르며, 인간답게 살다가 떠나도록 하라.

다른 사람에게 화를 내지도 말고, 그 어떤 아첨도 하지 말라. 아첨이나 분노 모두 공공의 이익에 전혀 도움이 되지 않으며, 두 가지 모두 '후회'라는 결과를 가져온다. 분노를 주체하지 못하는 것은 사내답지 못한 자세며, 신사답고 온화한 태도를 보이는 것이야말로 인간적이고 남자다운 행동이라는 사실을 기억하라. 진정 남자답다는 것은 불같은 분노를 표출하는 것이 아니라 강인함, 의지력, 대장부다운 기개가 있는 것을 말한다. 분노는 비통해하는 것 못지않은 나약함의 표시다. 분노나 비통함 모두 큰 상처를 받아 그것에 굴복했다는 의미다.

마지막으로 뮤즈 신으로부터 직접 받은 선물처럼 여길 만한 열 번째 조언이 있다. 즉, 나쁜 사람이 나쁜 행동을 하지 않기를 기대하는 것은 정신 나간 생각이다. 이는 불가능을 바라는 것과 같다. 그들이 다른 사람에게 행하는 악행은 용납하면서 나에게 행하는 악행은 용납하지 않는다는 것은 지극히 비이성적이고 독단적인 생각이다.

19   내 영혼의 조타수가 저지를 수 있는 일탈 행위 가운데 가장 중대한 잘못 네 가지가 있다. 그것이 눈에 띄면 즉시 제거해야 한다. 첫째, "이는 불필요한 생각이다." 둘째, "이는 내 주변 사람들을 파괴한다." 셋째, "이는 진정한 자아의 목소리가 아니다(자신의 진심이 깃들지 않은 말을 하는 것은 큰 잘못이다)." 라고 말하라. 그리고 넷째, 자책감에 시달릴 때는 "이는 내 내면의 신성함이 천박하고 무지하며, 언젠가 썩어 없어지고 말 내 육신에게 학대당해 제압당한 증거"라는 결론을 내림으로써 거기서 벗어나도록 하라.

20   내 몸을 구성하고 있는 모든 기체 성분과 불의 성분은 본래 위로 향하고자 하는 성질이 있으나, 우주의 본성에 순응하여 질량이 있는 내 몸 안에 순순히 갇혀 있는 것이다. 내 신체 내부에 있는 흙의 성분과 물의 성분은 본래 아래로 향하는 성질이 있으나, 자연에 순응하느라 그 자리에 순순히 있는 것이다. 이처럼 우주를 구성하는 모든 요소는 자연에 순응하느라 지정된 장소에 고정

되어 있다가 자연의 섭리가 해체의 신호를 보내면 이를 받아들인다. 그렇다면 왜 유독 내 마음은 자신의 위치를 불평하고 불복종하려 드는 걸까? 내가 지금 이 자리에 있는 것은 그 누구의 강요에 의해서가 아니라 나의 본성에 따른 것일 뿐인데, 왜 내 마음은 순종하기를 거부하고, 반대 방향으로 가려는 걸까? 불의, 탐욕, 분노, 비통함, 공포를 향해 움직이는 것은 자연에 반하는 행위다. 나를 지배하는 이성이 행한 결과물을 불평하는 것은 자신의 위치를 제대로 파악하지 못했기 때문에 일어나는 일이라고 볼 수 있다. 인간의 이성은 정의를 실현하는 것 못지않게 신을 섬기고, 신의 뜻을 따르는 것을 중시하도록 조건 지어져 있다. 사실상 신의 뜻에 따라 인간답게 산다는 것은 상호공존을 위해 필요불가결한 선택일 뿐 아니라 정의 실현을 위한 전제조건이기도 하다.

21 삶의 목표가 일관성이 없으면 삶 그 자체가 흔들리게 된다. 예컨대 목표가 구체적으로 세워져 있지 않으면 삶의 의미를 상실하게 된다는 의미다. 사람마다 개인적으로 지향하는 목표는 다르겠지만 보편적 공익과 관련해서는 몇 가지 공통된 기준을 찾아볼 수 있다. 따라서 세워야 할 사회적 목표는 내 이웃과 사회에

도움이 되는 것이어야 한다. 모든 노력을 여기에 기울이는 사람은 행동이 일관되고 한결같다는 사실을 알 수 있다.

22 시골에 사는 쥐와 도시에 사는 쥐를 생각해보라. 그리고 도시에 사는 쥐가 무엇에 대해 놀라고 경계심을 느꼈는지 생각해보라. (이솝 우화로, 두 마리의 쥐를 통해 물질적인 풍요보다는 정신적인 평화를 누리는 삶이 더 가치 있다는 것을 깨우쳐주는 내용이다.)

23 소크라테스는 보통 사람들이 맹신하는 것을 '침대 밑에 있는 괴물'이라고 불렀다. 즉, 그 쓸모라고는 '아이들을 겁주는 것뿐'이라는 의미다.

24 스파르타 사람들은 공공 행사장을 찾는 외지 손님들은 모두 시원한 그늘에 앉게 하고, 자신들은 아무 자리에나 앉았다.

25 소크라테스는 페르디카스가 자신을 궁전으로 초대하자 이를 거절하며 "나는 천 번 죽어 마땅할 죄를 안고 무덤으로 가고 싶지 않습니다."라고 말했다. 이는 그 누구로부터도 갚지 못할 은혜는 받지 않겠노라는 의미다.

26 에피쿠로스학파가 남긴 글 가운데 이런 조언이 있다. 나보다 먼저 덕을 실천하며 살다 간 사람들 중 한 사람을 늘 생각하라.

27 피타고라스학파는 새벽에 밤하늘의 별을 바라보라고 했다. 별들은 언제나 똑같은 일을, 한결같은 방식으로 완수한다는 사실을 알 수 있다. 또한 그들의 순수, 질서, 적나라함을 보라. 별들은 베일로 가리는 일이 없다.

28 부인인 크산티페가 자신의 코트를 입고 나가버리자 수건을 몸에 두르고 외출한 소크라테스가 어떤 사람이었는지 생각해보라. 그리고 초라한 행색을 한 소크라테스를 본 친구가 부끄럽게 여기고 피하려 하자 소크라테스가 했다는 말을 생각해보자. (무슨 말을 했는지는 정확하게 알려지지 않았으나 옷이 그 사람의 가치를 결정하는 중요한 수단이 아니라는 취지의 말을 했을 것으로 여겨진다.)

29 규칙을 정할 때 내가 솔선수범하여 그것을 준수하지 않으면 다른 사람에게는 말로도, 글로도 그 규칙을 준수하게 할 수 없다. 인생에 대해서는 더 말할 나위도 없다.

30 솔직하게 이성적으로 행동하지 못하는 자여, 너는 노예다.

31 그리고 내 마음이 속으로 웃고 있다.

32 그들은 모진 말로 미덕을 저주할 것이다.

-헤시오도스의 『일과 생애』 중에서

33 겨울에 무화과 열매를 찾아다니는 것은 미친 짓이다. 자식을 더 이상 생산할 수 없는 나이에 자식을 바라는 자도 마찬가지다.

34 에픽테토스는 자식에게 굿나잇 키스를 할 때, "내일 이 아이가 죽을지도 모른다."고 자신에게 속삭이라고 말했다.
"그건 불길한 말이 아닙니까?" 하고 묻자,
"천만에! 전혀 불길한 말이 아니네."라고 에픽테토스가 대답했다.
"자연의 본질을 말하는 것은 그 어떤 것도 불길하다고 할 수 없네. 그렇다면 여문 옥수수를 거두어들인다는 말도 불길하다는 말인가?"

35　설익은 포도송이, 잘 익은 포도송이, 건포도 등은 변화의 과정을 거치긴 했으나 쓸모없는 것으로 변한 것이 아니라 처음과는 전혀 다른 형태로 변한 것이다.

36　그 누구도 우리의 자유의지를 꺾을 수는 없다.

37　에픽테토스가 말했다. "우리는 실천 가능한 적절한 강령을 만들어야 한다. 충동적인 기분에 사로잡혀 있을 때는 항상 수정의 여지를 남겨두라. '강령'은 타인에게도 이롭고 나에게도 가치 있는 것이어야 한다. 욕망은 진실로 참된 것에 한정해야 하고, 증오는 심리적 조절이 가능한 선에 국한시켜야 한다."

38　"지금 토론의 쟁점은 공통의 관심사가 아니라 우리가 제정신인가 아닌가가 문제"라고 그는 말했다.

39　소크라테스는 이런 질문을 자주 했다.
"네가 원하는 것이 무엇이냐. 이성을 가진 인간의 영혼이냐, 이성을 갖지 못한 인간의 영혼이냐?"
"이성을 가진 인간의 영혼입니다."

"이성을 가진 인간의 영혼이라! 그렇다면 건전한 이성을 원하느냐, 불건전한 이성을 원하느냐."

"건전한 이성입니다."

"그렇다면 왜 그것을 추구하지 않느냐?"

"이미 그걸 갖추었기 때문입니다."

"그렇다면 왜 항상 다투고 싸우느냐?"

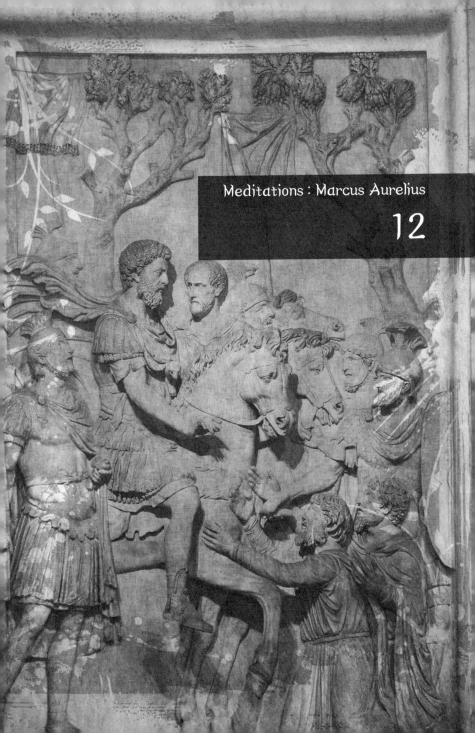

Meditations : Marcus Aurelius

12

1   먼 길을 돌아오며 내가 얻고자 했던 모든 것은 나 스스로가 거부
     하지 않는 한 지금 바로 얻을 수 있다. 다만 과거는 무시하고, 미
     래는 신의 섭리에 맡기고, 현재를 고스란히 '영성'과 '정의'의 길
     로 인도하면 된다.
       영성의 경우, 나의 운명은 자연이 마련해준 것이므로 오로지 이
     를 위해 존재한다. 그러므로 주어진 운명에 만족할 때 영성이 실
     현된다. 정의는 나의 자유의지에 따라 오직 진실만을 말하고,
     법과 인간의 권리를 존중할 때 실현된다. 그러니 다른 사람의 악
     행이나 비난, 오해, 혹은 내 미약한 육신의 유혹에 흔들리는 일
     이 없도록 하라. 육신이 입은 모욕은 육신에게 갚도록 맡겨라.
       생을 마감해야 할 때가 점점 가까이 오고 있다. 내 내면에 자리

잡고 있는 영성과 이성 이외의 다른 모든 것은 깡그리 무시하고, 언젠가 끝날 인생을 두려워하기보다 자연의 섭리에 온전히 따르는 삶을 시작조차 해보지 못한 것을 두려워한다면 지금이라도 인간다운 인간, 나를 이 세상에 보내준 이에게 부족함이 없는 인간으로 거듭날 수 있다. 그리하면 내가 사는 이 땅에서 이방인 취급을 받지 않을 것이며, 어떤 일이 닥치더라도 전혀 예기치 못했던 일을 당했다는 듯 경악하지 않고, 그 누구에게도, 그 무엇에도 집착하지 않는 삶을 살 수 있을 것이다.

2   신은 한 인간의 지배적 이성을 볼 때 피부며 부수적인 것을 벗겨내고 자신의 일부분이 인간의 육신으로 흘러 들어간 이성을 어루만지신다. 너도 이렇게 할 수 있다면 끊이지 않는 고뇌에서 해방될 수 있을 것이다. 자신을 감싼 미약한 육신에 얽매이지 않는 사람은 옷이며 집, 명예 등 피상적이고 과시적인 것에 집착하느라 더 이상 번뇌에 시달리는 일이 없을 것이다.

3   인간은 나약하기 그지없는 육신, 숨 그리고 이성으로 이루어져 있다. 그 가운데 육신과 숨은 내가 돌봐야 한다는 점에서 나의 것이라고 할 수 있지만, 진짜 오롯이 내 것은 이성뿐이다.

그러므로 다른 사람의 언행, 나의 언행, 내가 두려워하는 것들, 나를 담고 있는 육신과 숨에 영향을 주는 것들, 예컨대 외부 환경에서 불어와 나의 내면에서 소용돌이치는 카오스를 내 이성과 떼어놓을 수 있다면, 내 이성은 운명이 행하는 것으로부터 격리되어, 독자적인 세계를 형성하여 내게 닥치는 모든 시련을 겸허히 받아들일 것이고, 오직 진리만을 말하고, 옳은 일만 행할 것이다.

내 마음이 이처럼 피상적 상념을 걷어내고 자유를 얻어 미래나 과거에 얽매임이 없다면 더없이 평온하리. 엠페도클레스의 말처럼 "완벽한 고요 속에서 기쁨이 끝없이 순환되는" 지금 이 순간의 삶에 충실할 수 있다면, 진정한 내면의 영성과 조화를 이루며, 모든 고뇌와 번뇌로부터 놓여나 평온하게 살아갈 수 있으리라.

4 　사람들은 다른 누구보다 자기 자신을 사랑하면서도, 자신의 의견보다 다른 사람의 의견을 더 중시하는 걸 보면 놀라울 뿐이다. 만약 신이나 현자가 우리의 마음속에 들어와 그 어떤 생각이나 상상도 숨기는 것을 금하고, 모든 것을 백일하에 드러낸다면, 아마 단 하루도 견뎌내지 못할 것이다. 우리는 이처럼 자신의 감정에 충실하기보다 주변 사람의 관점에 더 큰 비중을 두고 있다.

5 　인류를 위해 모든 것을 이처럼 완벽하고 은혜롭게 창조하신 신
　께서 무슨 연유로 피조물 가운데 가장 빼어난 동물인 인간, 즉
　영성에 가장 가까이 다가가 있는 사람들조차 죽고 나면 영원히
　소멸될 수밖에 없는 운명과 맞닥뜨리게 하는 과오를 범했을까.
　만약 신이 과오를 저지른 것이 사실이라면, 신은 적절하다고 판
　단되는 시기(생성과 소멸)를 지금과 다르게 만들어놓았을 것이
　라고 확신한다. 자연의 순리에 따르는 일이라면, 자연으로 하여
　금 그렇게 요구하도록 했을 것이고, 그것이 옳다면 옳은 일을 했
　을 것이다. 신은 늘 올바른 일을 하므로, 그분의 선택은 옳을 것
　이다. 하지만 그런 일이 일어나지 않는다는 것은 신은 어떤 선인
　善人도 완전히 소멸시킬 수밖에 없었음을 알아야 한다.
　이런 의문을 갖는다는 것은 신의 공정성에 도전하는 것이 분명
　하지만 만약 신이 진실로 절대적 공정성을 갖지 못했다면 이처
　럼 공정을 주제로 논쟁을 벌일 일도 없지 않겠는가?
　만약 신이 절대적으로 공정하다면 태초에 세상을 만들 때 그처
　럼 불공평하고 비논리적이며 경솔한 과오를 저질렀겠는가?

6 　성공할 희망이 없어 보일지라도 절대 연습을 게을리 말라. 연습 부
　족으로 다른 일에는 별 쓸모없는 왼손도 말고삐를 잡을 때는 오히

려 오른손보다 더 힘껏 잡을 수 있는 것은 연습 덕택이다.

7　죽음이 나를 앗아갈 때 내 육신과 영혼이 어떤 모습을 하고 있을지 상상해보라. 그리고 인생이 얼마나 짧은지, 과거와 미래의 시간에 얼마나 깊은 심연이 가로놓여 있는지, 모든 것이 얼마나 덧없는지 생각해보라.

8　존재의 껍질을 벗긴 뒤 가장 깊은 곳에 웅크리고 있는 본질을 보라. 모든 행동의 근원이 되는 동기가 무엇인지, 고통, 쾌락, 죽음, 명예의 본질은 무엇인지 고찰해보라. 또한 우리를 불안하고 초조하게 하는 것은 모두 내 마음속에서 만들어진 것이며, 내가 겪는 고뇌는 그 누구도 아닌 바로 내 마음속의 생각이 만들어낸 것임을 자각하라.

9　내가 신념을 지키고 실천하기를 격투선수 판크라티온처럼 해야지 검투사처럼 해서는 안 된다. 검투사는 쥐고 싸우던 칼을 떨어뜨리면 다시 주워야 하지만 격투선수는 항상 두 손으로 싸우므로 주먹을 불끈 쥐기만 하면 된다.

10 모든 것을 분석할 때는 그 본질을 먼저 보고 형태, 구성 물질, 목적으로 나누어라.

11 인간은 신이 허락한 것만 실행하고, 신이 주신 것만 받으면 되는 특권을 가졌다.

12 세상에서 당한 일로 신을 원망하지 마라. 신은 의도적이든 우연이든 잘못을 행하지 않는다. 인간도 탓하지 마라. 인간 역시 의도적으로 잘못을 저지르는 것이 아니다. 그러니 결국은 누구도 탓하지 마라.

13 주변에서 일어나는 사소한 일로 놀라다니, 이 얼마나 어리석고 가소로운 일인가!

14 자연의 섭리는 필연적인 파멸이거나, 누구도 꺾을 수 없는 질서 있고 자애로운 것이거나 이도저도 아니면 아무런 목적도 없고 통제 불가능한 카오스 상태일 것이다. 만약 필연적인 파멸이 자연의 섭리라면 거기에 저항한다는 것은 아무 의미가 없다. 하지만 자연의 섭리가 '사랑'과 '평화'라면 우리는 우리 내면에 자리

한 신성에 부족함이 없도록 살아야 할 것이다. 만약 자연의 섭리가 통제 불가능한 카오스라면 이처럼 소용돌이치는 혼란 속에서도 온전한 이성을 내면에 지니고 있음에 만족하라. 만약 카오스의 돌풍이 몰려온다면 미약한 육신이며 숨결은 날려버려라. 대신 이성만은 돌풍에 날려가지 않도록 붙잡아라.

15 등불은 꺼질 때까지 그 빛을 잃지 않는다. 내 내면에 자리한 진리와 정의와 겸손도 죽음에 이를 때까지 그 불을 꺼뜨리지 않을 수 있을까?

16 누군가 잘못을 저질러 내 앞에 끌려왔다면, "이 사람이 한 짓이 잘못인지 아닌지, 내가 어떻게 안단 말인가?" 하고 자문해보라. 실제로 그가 잘못을 저질렀더라도, 제 살점을 찢는 고통으로 이미 죗값을 치렀는지도 모른다.

나쁜 사람이 선한 행동을 하기를 바라는 것은, 무화과 열매의 과즙이 없기를 바라거나, 아기나 말이 울지 않기를 바라는 것과 같다. 타고난 품성이 미천한데 어떻게 다른 것을 기대한단 말인가? 그래도 여전히 화가 풀리지 않는다면 그 사람의 품성을 고쳐주도록 노력하라.

17 옳지 않는 일은 행하지 말고, 진리가 아니면 말하지 마라.

18 모든 것은 그 실체, 즉 겉모습 뒤에 숨은 본질을 보도록 하고, 그것을 다시 형체, 물질, 목적, 유효기간 등 세부적으로 나누어 분석하라.

19 더 늦기 전에 나를 꼭두각시처럼 조종하고, 내 감정을 좌지우지하는 단순한 본능보다 더 신성하고 귀한 것을 내 내면에 지니고 있음을 깨달아라. 지금 내가 그것을 인식하지 못하도록 내 마음을 혼탁하게 오염시키는 것은 무엇인가? 두려움인가, 의심인가, 욕망인가 아니면 그 외 다른 무엇인가?

20 첫째, 그 어떤 일도 무분별하고 목적 없이 행하지 말라. 둘째, 모든 행동의 목적은 공공의 이익에 부합되도록 하라.

21 머지않아 나는 사라져 그 어디에도 존재하지 않을 것이고, 지금 내 눈앞에 보이는 모든 것들도 그러할 것이며, 지금 내 눈앞에 살아 있는 사람들 역시 마찬가지라는 사실을 기억하라. 모든 것은 자연에 의해 변화하여 때가 되면 소멸하고, 전혀 다른 것이

그 뒤를 이어 존재하도록 만들어졌다.

22 모든 것은 내가 생각하기 나름이고, 내 생각은 나의 권한에 속한
    다. 그러니 나의 의지로 그릇된 생각일랑 다 버려라. 그러면 모
    든 것이 안정되어 항구에 닿은 배처럼 평정을 얻을 것이다.

23 멈추어야 할 때 멈춘다면 이로 인해 더 이상 나빠지지 않는다.
    뭔가를 행하던 사람 역시 마찬가지다. 우리가 '삶'이라고 부르는
    연속된 활동 역시 마찬가지다. 삶은 멈추어야 할 때 종결되며,
    그로 인해 더 이상 나빠지지 않는다. 연속성에 마침표를 찍은 사
    람은 불평할 이유가 없다. 우리에게 주어진 시간과 생이 멈추는
    시각은 자연이 정한 것이다.
    만인에게 이로운 것은 나쁜 것이라고 볼 수 없다. 인생의 종말
    은 악이 아니다. 그것은 우리에게 불명예를 가져주지도 않는다.
    (아무에게도 손상을 끼치지 않는 비의도적 행위로 수치심을 느낄
    이유는 없지 않은가.) 이것은 세상이 미리 예정한 것이고, 이로
    인해 세상이 진보하고 있으므로, 이는 선한 것이다. 이처럼 신
    이 정해준 길을 따르면 신성을 닮아가게 된다.

24 모든 일에는 세 가지 핵심 원칙이 있다.

첫째, 경솔하게 행동하지 말고, 오로지 정의만을 행하라. 외부 환경에서 기인한 시련이나 난관은 우연이거나 신의 섭리의 결과라는 사실을 기억하고, 우연도 신의 섭리도 원망하지 말라. 둘째, 하나의 씨앗이던 날에서 영혼을 받는 날까지, 영혼을 받는 날에서 영혼을 반납하는 날까지, 예컨대 시작에서 최후에 이르는 이 모든 과정을 통해 피조물은 무엇으로 빚어져, 무엇으로 해체되어 돌아가는지 생각하라. 셋째, 만약 갑자기 공중으로 들어 올려지는 일이 생긴다면, 그래서 저 위에서 인간세상을 내려다보게 된다면, 우리가 사는 이 세상에 얼마나 다양한 인간들이, 얼마나 다양한 형태로 살아가고 있는지 볼 수 있으리라. 아무리 자주 들어 올려져 내려다본다 해도 보이는 것은 늘 같은 광경일 것이다.

25 상념을 버리면 나 자신을 구원할 수 있다. 그것을 버리는 것을 방해할 자는 없다.

26 어떤 일로 분노하고 있는가? 그렇다면 모든 것이 자연의 순리로 일어나는 일임을 망각하고 있는 것이다. 다른 사람의 잘못을 가

지고 네가 분노할 일이 아니다. 그런 일은 과거에도, 현재에도, 미래에도 계속 같은 패턴으로 되풀이되어 일어났고, 일어나고 있으며, 일어나게 될 것임을 네가 망각하고 있다.

인간은 누구나 할 것 없이 형제자매로 긴밀하게 결속되어 있다. 이 결속은 혈육으로 맺어졌다기보다 보편적 이성으로 맺어진 것이며, 모든 사람의 내면에 갖고 있는 이 보편적 이성은 바로 신성이자 신성이 발산되는 곳이라는 사실을 우리는 종종 망각하고 있다. 자식도, 내 영혼과 육신도 같은 신에게서 주어진 것이므로 온전히 내 것이라고 볼 수 없다. 그러니 우리에게 닥치는 모든 시련과 고난을 내 것이라고 할 수 있을까? 지금 흘러가고 있는 이 시각만이 우리가 살거나 잃을 수 있는 유일한 순간이라는 사실을 잊지 말자.

27 남다른 희비애락을 겪고 울고 웃었던 사람들을 생각해보라. 그 누구보다 큰 명예를 누렸던 사람, 그 누구보다 큰 불행을 겪었던 사람, 그 누구보다 큰 미움을 샀던 사람들을. 그리고 나 자신에게 물어보라. 이 모든 것이 지금 어디에 있는가? 연기, 먼지, 전설이 되고 말았다. 전설조차 되지 못한 것도 있다. 예를 들어 높은 지위에 올랐던 파비우스 카툴리누스, 화려한 정원을 소유했

던 루키우스 루푸스, 바이아에의 스테리티니우스, 카프리의 티베리우스, 벨리우스 루푸스를 생각해보라. 이 모든 것들이 세속적인 것에 대한 집요한 집착과 오만의 귀감이다.

우리가 그처럼 간절히 바라고 추구했던 것들이 실은 얼마나 하찮은 것인지 생각해보라. 그리고 신을 따르며 자신에게 주어진 삶을 겸손하고, 소박하며, 정의롭게 살아가는 것이 진정으로 철학적인 삶이라는 것을 생각해보라. 나는 교만하지 않다고 착각하는 것보다 더 참기 힘든 것은 없다.

28 "신을 보았느냐?" 아니면 "신이 있다는 사실을 어떻게 확신하고, 이런 식으로 경배를 드리느냐?"라고 묻는 사람이 있다면 나는 이렇게 대답하고 싶다. "먼저 신은 눈으로 확실히 볼 수 있다. 그리고 나는 내 영혼을 두 눈으로 본 적이 없음에도 불구하고 내 영혼을 존중한다. 그러니 신이 우리와 함께 하심을 믿는 것이다. 신의 파워를 증명하는 것은 경험이다. 그러므로 나는 신이 존재하는 것에 만족하고 신을 경배한다."

29 건전하고 안정된 삶을 원한다면, 모든 사물을 깊이 통찰하고 사물의 본질, 구성 물질 그리고 그것이 발생한 원인이 무엇인지를

깨달아라. 정의를 실현하는 데만 마음을 쏟고, 진실만을 말하며, 그 외에는 조금의 틈도 보이지 말고 선행에 선행을 쌓음으로써 생의 기쁨을 만끽하라.

30 햇빛은 완전무결하며 온전하다. 벽이나 산, 다른 무엇에 부딪쳐 쪼개질지라도 그 온전함을 유지한다. 본질적 원소는 제각기 다른 특징을 지닌 가지각색의 생명체로 쪼개질지라도 그 실체는 역시 하나다. 다양한 비율로 셀 수도 없을 정도의 수많은 피조물에게 나뉘어진 영혼도 하나다. 사유라는 고유의 선물을 받은 영혼도 외견상 구별되는 것처럼 보이지만 이 역시 하나다. 유기체를 이루는 구성 요소들은 감각이 없는 물질로, 서로 간에 애정이 없고, 다만 중력의 힘으로 결합되어 있을 뿐이다. 하지만 생각은 본성에 의해 동류에게 이끌려 서로 어울리게 마련이다. 따라서 합일의 본능은 좌절되지 않는다.

31 어째서 좀 더 오래 살기를 갈망하는가? 더 많은 감각과 욕망을 경험하기 위해서인가? 아니면 지속적인 성장, 혹은 더 이상의 성장을 멈추기 위해서인가? 아니면 언어 능력이며 생각의 파워를 좀 더 효과적으로 활용하기 위해서인가? 이 가운데 진심으로

탐이 날 만큼 가치를 지닌 것이 있는가? 이러한 것들이 없어도 상관없다면, 오로지 모든 만물의 최종 목표를 향해 정진하라. 그 최종 목표는 신과 이성을 따르는 것이다. 하지만 죽음이 나의 모든 것을 앗아갈 것이라는 생각에 분노가 솟구친다면 내가 가는 길에 방해가 될 뿐이다.

32 시간의 무한한 영속성을 두고 볼 때, 우리에게 주어진 시간은 얼마나 짧은가? 우리는 한 순간 이 지상에 머물다가 영원으로 사라지는 것이다.

자연이라는 거대한 실체를 생각해볼 때 나의 존재는 얼마나 미소하며, 자연이 지닌 본성을 두고 볼 때 나의 영혼은 얼마나 보잘것없는가. 내가 딛고 서 있는 이 대지는 우주라는 거대한 공간 속에서 한낱 작은 점에 불과할 뿐이다. 이러한 사실을 생각해볼 때 사람은 자신의 본성에 따라 자신이 해야 할 일을 할 뿐 더 이상 중요한 것은 아무것도 없다. 그러니 자연의 섭리가 내게 부여한 것을 견뎌내라.

33 모든 위험으로부터 나를 지키는 영혼의 파수꾼은 어떻게 작동되고 있는가. 내 모든 것은 이 파수꾼이 통제한다. 그러므로 내

통제권을 벗어나든 그렇지 않든, 결국은 뼈와 한 가닥 연기로 남을 뿐이다.

34 쾌락을 선이라고 여기고 고통을 악이라고 여긴 사람들조차 죽음을 경멸할 수 없었음을 생각하는 것보다 죽음을 무시하는 데 고무적인 일은 없다.

35 때가 되었을 때 내게 일어나는 일은 그것이 무엇이든 선한 일이라고 생각해야 하고, 이성적이고 실천적인 삶을 산 이상 자신이 많은 일을 했건 적은 일을 했건 상관하지 말아야 하며, 이 세상에 오래 머물건 짧게 머물건 거기에 연연하지 않는다면 죽음은 결코 끔찍한 일이 아니다.

36 인간이여! 너는 이 위대한 행성의 시민이며, 이 도시는 너의 것이다. 그러니 오 년을 살다 간다 한들 오십 년을 살다 간다 한들, 그 숫자가 네게 무슨 의미가 있겠느냐. 그 도시의 법령은 한 개인에게는 물론 모든 사람들에게 공평하다. 그런데 무엇을 불평하느냐.

너는 불공정한 판결이나 폭군에 의해 이 도시에서 내쫓기는 것이 아니라 너를 이 세상에 보내준 자연의 섭리에 따라 이 세상을 떠나는 것이다. 마치 배우를 발탁해 쓴 매니저가 때가 되어 배우를 은퇴시키는 것과 같은 것이다. 그런데도 "하지만 저는 다섯 막 가운데 세 막밖에 무대에 서지 못했습니다."라고 하겠느냐? 네 인생의 드라마는 세 막으로 구성된 것이었다. 네 인생의 극본은 오래전 너를 창조한 그분이 쓴 것이고, 오늘 너를 해체하기로 결정한 이도 그분이시다. 그 어떤 결정도 네 안에서 이루어진 것이 아니다. 그러니 너에게 떠날 것을 명하는 그분의 미소에 웃는 얼굴로 답하며 너의 길을 떠나라.

옮긴이 후기

마르쿠스 아우렐리우스는 서기 161년에서 180년까지 고대 로마제국을 통치한 황제다. 그는 로마제국 전성기에 활약한 '고대 로마 5현제' 중 한 사람으로 꼽힐 만큼 훌륭한 철인 황제이자 명군으로 역사에 기록되어 있다.

금욕과 절제를 강조한 로마 스토아철학을 대표하는 작품인 『명상록』은 170년부터 180년 사이에 씌어졌다. 이 작품은 4세기에 들어서야 대중에 알려졌는데, 적어도 그 일부는 게르마니아 전선에서 씌어졌다. 뛰어난 스승 아래에서 갈고 닦은 그의 재능은 수사학적이고 시적으로 표현되고 있는데, 많은 부분이 지나치게 압축된 문장으로 씌어져 있다. 전선에 있던 아우렐리우스는 스스로를 단속하기 위한 길잡이이자 주변 사람들을 이성으로 무장시키기 위한 '자기 계발서'용으로 저술한 것으로 추정된다.

전체적으로 명확한 체계와 구성을 따르지는 않았고, 하루의 일과를 정리하면서 떠오르는 생각들을 철학적 견해에 담고 있다. 주로 스토아학파 입장에서 자기 자신에게 들려주는 충고, 귀감이 될 만한 교훈적 성격의 짤막한 경구와 인용문, 인간의 삶과 우주의 본성, 신의 섭리, 인생의 무상함, 도덕적 정진 등이 자세하게 기록되어 있다.

『명상록』의 제1권은 가까운 혈육과 개인교사에게 자신이 얼마나 많은 것을 배웠는지 체계적으로 기술하고 있다. 그러나 뒷부분에서는 많은 내용이 하나의 주제로 반복적으로 변주되고 있다.

『명상록』에 나타난 주요 사상은 스토아철학이다. 스토아철학은 기원전 3세기 제논으로부터 시작되어 기원후 2세기까지 이어진 그리스 로마 철학을 대표하는 주요 학파다. 스토아철학은 유물론과 범신론적 관점에서 금욕과 평정을 유지하는 현자를 최고의 선으로 보았다. 그런 면에서 아우렐리우스는 최후의 스토아철학자라고 볼 수 있다. 스토아철학은 로마인의 남성적이고 실질적 기질과 합치하여, 로마에서 크게 번창하기에 이르렀다.

아우렐리우스가 그리스어로 쓴 이 책의 영어 번역본은 헤아릴 수 없이 많다. 필자는 그 가운데 세 권을 참고해 우리말로 옮겼다. 각각의 영어 번역본은 내용을 정확하게 이해하기 어려운 경우도 있었고,

정확한 단어의 의미를 알 수 없었는지 중간에 건너뛴 경우도 있었다. 그래서 필자는 독자의 이해도를 높이기 위해 영어 원문을 절충하고 보완하는 방식으로 작업했다.

번역하는 과정에서 느낀 점을 한마디로 요약한다면, '이 책은 세 단계에 걸쳐 읽어야 그 진가를 제대로 이해'할 수 있다. 『명상록』은 소설책이나 여타 에세이를 읽듯이 한번 읽고 지나쳐버리면 절대 그 진가를 알아낼 수 없다.

일상적 독서법으로 한번만 읽고 그친다면 이 책에 담긴 진리를 '내가 아는 만큼만' 이해하는 선에서 끝나게 된다. 이것이 첫 번째 단계의 독서다. 이 첫 번째 단계에서 끝낸 독자들은 이 책에서 여타 명상서적이나 자기 계발서와 별다른 차이점을 느끼지 못할 것이다.

하지만 같은 문장을 다시 찬찬히 읽어보면 '그동안 알지 못했던 뭔가'가 있음을 눈치 챌 수 있을 것이다. 이것이 두 번째 단계의 독서다.

세 번째 단계는 '그동안 알지 못했던 뭔가'의 정체를 밝히기 위해 정신을 집중해 다시 한 번 찬찬히 읽는 단계다. 이 세 번째 단계가 바로 깊은 명상의 단계로, 가장 많은 시간과 집중력을 요한다.

영어 번역본을 우리말로 옮기는 작업을 하면서 필자는 이 세 번째 단계에서 하나의 문장을 두고 종일 깊은 묵상을 하며 보냈다. 인내심을 갖고 집중해서 그 내용을 깊이 묵상하다 보니 불현듯 '유레카!'라는 외침과 함께 머릿속이 환해지는 순간을 맛볼 수 있었다. 독자 개인에 따라 이러한 순간에 도달하기까지의 시간은 각기 다르겠지만, 아무리 많은 시간과 공을 들인다 해도 아깝지 않을 만큼 심오한 철학과 사상을 만나게 될 것이다.

필자는 이 책을 통해 "나는 누구인가?" "나는 무엇으로 머물다가 어디로 가는가?" "나의 남은 나날을 무엇으로 채울 것인가?" "어떻게 상념을 잠재울 것인가?" "왜 세상은 불공평해 보이는가?" "어떻게 늘 정상이성 상태를 유지할 것인가?" 에 대한 답을 얻었다.

이제 나는 그 어느 때보다 평화로운 나날을 보내고 있다. 모든 것이 아우렐리우스 덕분이라고 분명히 말씀드릴 수 있다.

이 책의 진가를 발견한 수많은 독자 가운데에는 다독의 왕으로 유명한 미국의 전 대통령 빌 클린턴, 그리고 미국 현대문학의 거장 존 스타인벡 등이 있다.

클린턴은 『명상록』을 가장 좋아하는 책 21권 가운데 으뜸으로 꼽았다. 존 스타인벡은 1963년 지인에게 보낸 편지에서 '가장 즐겨 꺼내 보는 책이자 볼 때마다 나를 실망시키는 법이 없는 책 두 권'으로 구약성서의 '전도서'와 『명상록』을 꼽으며, '이 두 권의 책은 늘 신선하고 강렬하다. 이 두 권의 책보다 나를 감동시킨 책은 없다.'고 단언했다. 그의 대표 작품 『에덴의 동쪽』에도 『명상록』이 주는 메시지가 기저에 깔려 있다는 것은 잘 알려진 사실이다.

하지만 얼마나 많은 사람들이 이 『명상록』을 세 번째 단계까지 읽고 철인 황제의 고매한 사상과 철학의 참가치를 깨닫게 되었는지, 그래서 동서고금을 통해 수많은 현인들과 지도자들이 이 책을 '최고의 명상집'으로 꼽는 이유에 공감할 수 있을는지는 미지수다. 영국의 고전학자 길버트 머레이는 이 문제에 대해 "사람들이 아우렐리우스를 제대로 이해하지 못하는 것은 그의 난해한 문장력 때문이 아니라 그처럼 높은 정신세계에 다다를 수가 없어 제대로 소화해내지 못하기 때문"이라고 지적했다.

아마 세간의 평판만 듣고 호기심 차원에서 이 책을 구입해 읽었다면 나 역시 이 책을 한두 번 읽고 책장에 꽂고 말았을 것이고, 그와 동시에 내 기억에서도 멀어졌을 것이다. 하지만 나는 운이 좋게도 『명상록』을 번역하는 행운을 얻게 되었다.

이 책을 번역하면서 단어 대 단어, 혹은 문장 대 문장 식으로 번역하는 대신 오랜 공을 들여 나 자신이 깨달음에 이른 후에야 문장을 완성해낸 만큼, 독자들에게 그 내용이 보다 잘 전달될 수 있게 되기를 기대하지만, 행여 부족한 문장력으로 인해 이 고매한 인격자인 아우렐리우스에게 누를 끼치지나 않았을까 염려하는 마음도 크다. 하지만 한 문장 한 문장 최선을 다해 원저자의 철학을 현대의 독자들이 쉽

게 이해하도록 노력한 만큼, 독자들도 읽고 또 읽다 보면 분명 깨어
남의 순간, 그 극적인 '유레카 순간'을 맛볼 수 있으리라고 기대해본
다.

살아오면서 부질없는 다툼의 바다를 정처 없이 떠돌고 있는 당신
이 삶의 진정한 의미를 찾고 싶다면, 아니 모욕과 끊임없는 공격을
당한 끝에 영혼이 피투성이가 되었다면 이 책은 확실한 치유의 시간
을 제공할 것이다.

부족한 저에게 이 책을 깊이 있게 읽고, 정신적 깨달음에 이를 수
있는 기회를 주신 출판사에 깊은 감사를 드리며, 이 책을 읽는 모든
이도 나와 같은 '유레카의 순간'을 거듭거듭 경험하게 되기를 마음속
깊이 희망한다.

2014년 6월, 키와 블란츠

아우렐리우스의 생애

마르쿠스 아우렐리우스Marcus Aurelius는 121년 4월 로마에서 아버지 안니우스 베루스Marcus Annius Verus와 어머니 도미티아 루킬라Domitia Lucilla 사이에서 태어났다. 베루스 가문은 원래 스페인 혈통이었는데, 그 후 로마로 이주했다고 전해진다. 그러나 여덟 살 때 아버지를 잃는 바람에 조부 슬하에서 자라게 되었다. 조부는 집정관을 세 번이나 지냈을 정도로 유력 인사였다.

어린 손자를 위해 조부는 명망 있는 스승을 집으로 모셔 교육을 시켰다. 당시 황제였던 하드리아누스는 이 총기 있는 어린 소년에게 비상한 관심을 보였다. 그래서 황제는 이 영특한 소년을 안니우스 베리시무스Annius Verissimus(진실한 사람)라고 불렀다.

138년, 하드리아누스 황제는 마르쿠스 아우렐리우스의 고숙인 안토니누스 피우스를 후계자로 지명하고, 그에게 케니요니우스의 아들 '루키우스 베루스'와 '마르쿠스 아우렐리우스'를 입양하도록 명했다. 5현제 시대에는 친자식에게 제위를 물려주지 않고 쓸 만한 후계자를 양아들로 입양하여 통치자 훈련을 시켰다.

마르쿠스 아우렐리우스가 열일곱 살이 되던 해, 황제 하드리아누스가 세상을 떠났다. 이듬해, 그는 안토니누스 피우스의 딸인 안니아 갈레리아 파우스티나와 약혼했다. 그해 그는 재정관으로 선출되었고, 140년과 145년에는 집정관으로 선출되었으며, 145년에 결혼하여 장녀를 얻었다.

안토니누스 피우스가 다스리던 138~161년은 로마가 평화와 번영을 누리던 시기였다. 이때 마르쿠스 아우렐리우스는 당대 최고의 학자들 밑에서 수사학, 철학, 법학, 미술 등을 공부했는데, 그 어떤 학문보다 철학에 마음이 끌렸다. 그가 살았던 당시의 로마는 스토아철학이 대세였다. 스토아철학은 그의 내향적 성향과도 잘 맞아 일생에 걸쳐 정신적 지주가 되었다.

161년 안토니누스 피우스가 마르쿠스 아우렐리우스를 정식 후계자로 지명하고 세상을 떠난 뒤 그는 황제로 즉위하여 180년까지 로마 제국을 통치했다. 이때 그는 하드리아누스 황제의 뜻을 받들어 함께 안토니누스 피우스에게 입양되었던 양아우 루키우스 베루스와 공동황제로 즉위했다. 이로써 로마 역사상 처음으로 공동 황제가 탄생하게 된 것이다.

오랫동안 평화를 누려오던 로마제국은 아우렐리우스 시대를 맞아 갖가지 재난을 당하게 되었다. 즉위 직후 외적의 침입을 받았고, 강이 범람하고, 지진이 일어나고 역병이 창궐하는 등 자연재해가 연달아 일어났다. 당시 역병 때문에 로마 시와 그 밖의 도시에서는 시체를 나르는 수레가 줄을 이었다고 한다.

그동안 축적해온 로마의 부와 진취적 기상은 제국을 강타한 역병과 막대한 전비, 장기적 외교정책의 부재 등으로 무너지고 있었다. 로마 역사의 황금기는 그렇게 저물어갔다.

그럼에도 마르쿠스 아우렐리우스는 5현제의 마지막 황제로서 명석한 두뇌로 열심히 일한 황제라는 평가와 함께 오늘날까지 철인 통치자로 존경받고 있다.